民主主義文学運動の中で

私の出会った作家たち

鶴岡征雄
Tsuruoka Yukio

本の泉社

装幀・著者／装画＆扉・松永禎郎

目次

（収載写真の出典、撮影者を明記していないものは著者撮影）

私の出会った作家たち

民主主義文学運動の中で

I

一五歳の春

文学への目覚め

1　雪の降る深夜の町工場で

一九六四（昭和39）年二月二三日の第四日曜日、私は夜明け前から、電気スタンドにシャツを被せて明りが漏れないようにしながらドストエフスキーの「罪と罰」を読んでいた。八畳の寮室には、六人の住込み工員が蒲団を重ね合わせるようにして寝ていた。

「明るくて寝られやしねえ」

私が夜中でも明け方でも時間に関係なしに本を読むのを、心よく思っていない同僚のMやQから苦情が出ていた。

同僚たちは昼近くになると、私をひとり寮に残して、蒲田へパチンコに出掛けて行った。私は、誰も居なくなった蒲団の中でひとり本を読み続けていた。

私は二二歳、同僚もまた似たり寄ったりの年齢だった。私は、従業員が一五、六人の町工場で住込み工員として働いていたが、紙や鉛筆を使う仕事に就きたいと思っていた。それで、出版社や業界新聞社の入社試験を受けていたが、すぐに履歴書は送り返されてきた。私は自分の生きる道を手探りしていた。

工場は、終日、ラジオの歌謡曲番組がつけっぱなしになっていた。ビゼーの「アルルの女」ならともかく、島倉千代子や三波春夫の流行歌に悩まされていた私は、そのやかましさに腹を立ててラジオのスイッチを切ってしまった。すると、すぐに誰かがまたラジオをかけるというイタチごっこが繰り返されていた。

日曜日の午後の遅い時間に、大森から四ツ谷に出て、赤坂見附の都市センターホールへ行った。文化座の「土」を観るためである。極貧の小作人勘次の娘おつぎ役は佐々木愛で、演出は愛の父・佐々木隆だった。連れは、「緑の会」で読書会をやっている田幸維員だった。田幸は法政大学文学部二部の学生で、昼間は世田谷区役所出張所の職員として働いていた。私は、東京計器や日本特殊鋼の下請け工場の研磨工だった。

「土」の舞台は、茨城県龍ヶ崎町立中学二年のとき、担任の正慶岩雄（現・俳人鴨下昭）先生に声を掛けられた同級生たち数人と共に、土浦第二高等学校の講堂で観ている。私は、中学時代、二年、三年と正慶先生の持ちあがりクラスで文芸部にも属していた。正慶先生は、文芸部の顧問でもあった。

「土」と前後して眞山青果の娘・眞山美保作・演出による新制作座公演「泥かぶら」も観て

いる。「泥かぶら」とは、ふた目と見られぬ醜い顔をしているため、「泥かぶら（泥まみれの大根）」と蔑まれ、こどもたちから石をなげつけられている哀れなみなし子の物語だ。「土」の観劇会は、正慶先生が全学年四五六名の生徒の中から演劇が好きそうな生徒に声をかけたとのことだった。

芝居は、それまで夏祭りの夜に、浅草の女剣劇不二洋子一座公演を町のパレス劇場で観たに過ぎなかったから、深刻な内容の「土」には驚きもしたが、新鮮な感銘を受けた。原作者の長塚節は郷土の人であり、脚色者の伊藤貞助は節の従弟、舞台は利根川沿いの北関東ということを知って、筑波おろしの風に吹かれて育った私にはより身近に感じられた。新劇はいいものだと思った。正慶先生は茨城大学在学中に、多喜二・百合子研究会に入会、その直後、『新日本文学』の読者になった。新任教師時代、龍ヶ崎に佐多稲子を招き文芸講演会を婦人会の協力を得て開催したりしていた新卒の進歩的な教師だった。

上京して間もないころの筆者。15 歳。浅草寺・伝法院庭園（1957/ 4　撮影・田中耕太郎）

正慶先生が下宿先から持ち込んで作った学級文庫に無着成恭編『山びこ学校』があった。山形県の山深い中学二年生、江口江一が書いた生活記録「母の死とその後」を読み、心を動かされた。まずその書き出しで涙ぐんだ。

「僕の家は貧乏で、山元村の中でもいちばんぐらい貧乏です。そして明日はお母さんの三十五日ですから、いろいろお母さんのことや家のことなど考えられてきてなりません」

この一行を読んだだけで息がつけなくなったのだ。私の家も町いちばんの貧乏だった。とはいっても、母は働いていた。江口の父は死亡していたが、私の父親はいることはいた。但し、北海道にいるらしいというだけで詳しいことはわからなかった。母が行商をして私たち兄弟四人を育ててくれていたのである。長男の私は、中学を卒業したら東京へ行くことになっていた。働いて母を楽にするために仕送りをする決心をしていたのだ。

私は頭も体も一端《いっぱし》の大人になっていると自負していた。それがとんでもない間違いだった。思春期の性の目覚めを大人に成熟した証しと思い込んだのだ。私は東京へ旅立つ前には、山ほどの不安を抱えていたが、森本薫の「女の一生」を読んで自信がついた。身寄りのない薄倖の娘、布引けいの生涯から、一生懸命働きさえすれば道は開ける、生きていけるということを学んだのだ。私の就職先は東京・城東地区、赤線地帯の近くにある田中輪業株式会社という自転車用ハンドル製造工場だった。

「女の一生」で人生のいろはを知った気になったが、文学にもかぶれた。私の思春期は、「女の一生」で幕を開けた。

世界中の小説を自由に好きなだけ読めると意気込んで上京したのだが、工場の寮には、日記をつける机もなければ燈火ひとつままならず、読書のできるような環境ではなかった。私は、二年余を事務所で働き、それから手に職をつけるために、大森の研磨工場に転職した。

そして、上京した日から早や七年になろうとしていた。

舞台がはねた後、田幸とともに大井町駅前の読書会会場となっている喫茶店・エンゼルへ向かった。志賀直哉「暗夜行路」後編を合評することになっていたのだ。

「鶴さんの選ぶ作品は長いものばかりだからついていけないよ」

読書家を自認する田幸でさえぼやいていたほどだから、出席率は悪かった。この日も集まったのは四人だけだった。作品の選択は私に任されていた、というより私の独断になっていた。

『山びこ学校』
（青銅社、1951）

『人生手帖』品川支部の有志ではじめた読書会で、集まりは芳しくなかった。私は、参加人数などどうでもよかった。集まらなくともいい、集まったメンバーでやるだけだと頭数を忖度《そんたく》することもなかった。私は狂おしい思いを抱えていた。そのことが私を傲慢にさせていたのだ。

2　文学に癒された失恋の痛手

快晴だった日曜日の天気が嘘のように、月曜日は夜半から春の雪が降りはじめた。翌朝には関東一円が真っ白な雪景色に塗り替わっていた。

私は、三好達治の二行詩「雪」が好きだった。

雪は深々《しんしん》と降っていた。寝る時間を惜しみ、深夜にかけて火の気のない工場の更衣室で、「罪と罰」の後半をむさぼるように読み耽っていた。悴《かじか》んだ指で頁をめくりながら、時折、私の許を去って行った婚約者の行方に思いを馳《は》せたりした。行方をくらましてから六ヵ月が過ぎようとしていた。午前一時ごろ、灯りを消して外に出ると粉雪が顔に降りかかってきた。身震いをして、外階段を上がって寮室のドアを開けると、五人の同僚たちは鼾をたてて寝入っていた。

婚約者の失踪で目の前が真っ暗になったが、絶望を救ってくれたのが文学作品だった。飢《かつ》え死に寸前の苦しみを払いのけるように、小さな書棚にある日本文学、世界文学を片っ端から読み漁《あさ》っていた。

この半年間の読書ノートをみると、堀田善衛「若き日の詩人たちの肖像」、フローベル「ボヴァリー夫人」、ショーロホフ「静かなるドン」、有島武郎「或る女」「一房の葡萄」、三好十郎「斬られの仙太」「傷だらけのお秋」、島田清次郎「地上」、石川達三「人間の壁」、葛西善蔵「子をつれて」、川崎長太郎「抹香町」など長篇、短篇を連日のように読み漁っている。支離滅裂、まさにアトランダムもいいところだった。そして「罪と罰」だ。読了した作品の寸感も日記に綴った。乱読はプロレタリア文学にまで広がっていった。

一八歳の頃から小説の習作らしきものを書きはじめていた。それで加入できそうな同人誌を探していた。保高徳蔵の『文藝首都』に九分九厘入るつもりになっていたが、正慶先生に手紙で相談したところ、リアリズム研究会（リア研）の月刊誌『現実と文学』を薦められたのである。

信濃追分・常夜燈前の筆者（右、21歳）。左は友人の田幸維員。
（撮影・相原隆道）

新日本文学会は、四五年一二月、蔵原惟人、江口渙、宮本百合子、中野重治らの呼びかけで「広範な民主主義的文学者の統一組織」として結成された。当初は志賀直哉も賛助会員として名前を連ねたが、中野と天皇制についての議論がもとでやめたらしい。その機関誌『新日本文学』は、六四年以前から、共産党との決別を策略する元党員の会員らによって牛耳られていた。それこそ反共雑誌のような観を呈していた。新日本文学会主催の「日本文学学校」でも生徒を募集していたが、私の嫌いな思想、主義の匂いが濃厚に思われて足を向けなかった。

3　『現実と文学』誌との出会い

リアリズム研究会は、かつては同人誌『文学芸術』のメンバーだった、金達寿、霜多正次、窪田精、西野辰吉、小原元らによって結成されたもので、『新しいリアリズムへの道』を刊行、初期は季刊『リアリズム』、それがやがて月刊『現実と文学』へと飛躍していた進歩的な文学創造団体だった。

私は六四年の春から『現実と文学』の定期読者になったが、敷居は高かった。リアリズム研究会とは「現実変革を目ざす新しいリアリズム文学―革命的民主主義文学の創造運動の会です」となっていた。「専門文学者だけではなく、職場や地域で文学勉強の場をもとめている労働者や農民、市民、主婦、学生など」、会の趣旨に賛成する人ならだれでも入会できます、と雑誌の広告に出ていた。つまり、私でも入会できたのである。

だが、「革命的民主主義文学」に賛成する人ならといわれても、私にはそれがいかなる文学なのかイメージが湧いてこなかった。プロレタリア文学では、葉山嘉樹の「淫売婦」や「セメント樽の中の手紙」「海に生くる人々」、黒島傳治の「渦巻ける鳥の群」や徳永直の「馬」や「太陽のない街」などを読んではいたが、「革命的」となると漠然とではあるが、ニュアンスが異なるように思えた。「地上」や「抹香町」がそうでないことははっきりしているが、私にとって「革命的民主主義文学」とはなんぞや？　であり、「未知の文学」であった。

三月二七、二八、二九日の三日間、東京・代々木区民会館で新日本文学会第一一回大会が開かれていることは新聞報道で知っていた。だが、この後一年もしないうちに、文学運動の本丸と私の人生が直接結びつくことになるなどとは夢にも思わなかったから、その動向には関心を寄せることはなかった。

『現実と文学』（1963年9月号の表紙。永井潔画）

新日本文学会大会が終了したその翌日、三〇日付の『毎日新聞』に水上勉がカコミのエッセイを書いていた。顔写真入りだったが、「私の十代」と題した八〇〇字ほどのもので、紙面の片隅に組まれていた。直木賞受賞から二年後のことである。

「若狭の生家は貧しく、母が小作田を守りして、私たち四人の兄弟を育てていたが、二男の私は、十才の冬、ひとりだけ、京都の寺へ小僧にもらわれることになって、村を出た」という書き出しで、親の愛に飢えた悲しみばかりの一〇歳当時を振り返っている。頭をカミソリでつるつるにそられた寺の小僧が、炊飯、庭掃除、草取り、肥くみなどをしながら小学校に入学、六年生の時は級長をしたとも書かれていた。私は、心にしみる文章であれば、それが文学なのではないのかと漠然と考えていた。その反対に非文学とは何かといえば、政治的プロパガンダだといいきっていた。

三一日付の日記に、次のようなことを書いている。

『現実と文学』にはとてもついていけそうもないから、やっぱり『文藝首都』に入会しようか。新聞に、新日本文学会対共産党の対立悪化の記事が出ている。はなはだしく失望。文学は文学自体で独立すべきだ。政党に翻弄される文学会なんてどこか狂っている。思想、主義、議論だけでなく組織にもアレルギー反応を起こした。そうかといって新日本文学会の主張する〝アバンギャルド運動〟に共感できるものはなにひとつなかった。その新日本文学会のトップである幹事会議長に阿部知二が再選されていた。私は、「白い塔」や「冬の宿」の読者だっただけに、どういうことなのか？　とその意外さに首をひねった。文学運動には、私などの理解の及ばぬ謎めいたものがその背景に隠されているような気がした。

私は、「普通の文学」を求めていた。「文学」の二文字さえあればそれでいいと単純に考えていた。江口江一や森本薫、李珍宇（後述するが、小松川女子高生殺人事件の犯人で在日朝鮮人の夜間高校生。二二歳で死刑執行）の小説「悪い奴」に愛《いと》しさを感じていた。

4　日本近代文学館主催の「夏季講座」

この年の夏、六四年七月一三日から連続六日間、日本近代文学館主催の夏季講座「日本の近代文学　作家とその思潮・流派」が有楽町駅前の読売ホールで開催された。午前九時から一二時まで、半日の内に三講座が組まれ、一齣五〇分となっていた。

私ははやばやと全期間の聴講料の払い込みをすませた。半日の講座とはいえ、まるまる一週間、工場を休んで文学講座に出席するとなれば同僚に負担がかかるため、さてどうするかと一時は慮《おもんばか》ったが、諦めきれなかった。半年前の私なら諦めていたことだろう。私は勤勉で模範的な二二歳の町工場の工員であったから、読書はともかく、文学勉強は月一の日曜日、エンゼルでの読書会だけに留めていた。

大学にでも籍を置いている身ならともかく、私の休日は、年末以外は第四日曜日の月一日だけだったのである。悪条件の下町の町工場で働いている男が午前中の連続文学講座に、いの一番に申し込んだのは、地の底がぬけたような失恋をして自暴自棄になっていたためである。室生犀星の小説の題名ではないが、『われはうたえどもやぶれかぶれ』の心境になっていたからにほかならない。私は渋る社長《だんな》から強引に承諾をもぎとって、全講座を聴講することにしたのである。

会場の読売ホールは二階席まで満員になっていた。講義が終了すると、すぐさま大森へ引き返し、講義の興奮がおさまらぬまま機械油まみれの作業衣に着替え、昼飯ぬきでモーターのスイッチを入れた。午後はいつも通り仕事についたのである。

この講座で、『群像』や『新潮』『文學界』などの誌上で親しんでいた中野重治や平野謙、本多秋五の生の声を聴いた。私は文芸雑誌三誌の定期購読者だった。毎月、発売日に、大森山王の情海堂書店の店員が自転車に乗って工場まで三誌をまとめて配達してくれたのである。これらに『現実と文学』が加わった。『現実と文学』は第三種郵便で送られてきた。『現実と文学』の読者になったのは前述した通り正慶先生に薦められてのことである。先生は、学生時代から、『新日本文学』の読者であり、五〇年前後に発行された、『多喜二と百合子』『人民文学』『勤労者文学』『文学の友』などといった雑誌の読者だった人で、そのバックナンバーはそっくり私が戴いている。失恋を打ち明け、今、読むべき文学作品は何かと訊ねると、久米正雄の「破船」を勧めてくれた。

「日本の近代文学」を聴講したそもそもの動機も、あるいは失恋のダメージを癒してくれそうな文学作品を求めてのことだったのかもしれない。

「日本の近代文学」の講師と演題は次のようになっていた。聴講料は全期間一、二〇〇円で一日の場合は二五〇円だった。無遅刻・無欠席で全講座を受講した。

一三日（月）勝本清一郎「北村透谷と『文學界』」、塩田良平「明治の女流作家たち」、木俣修「与謝野晶子と新詩社」

一四日（火）中野重治「朔太郎・春夫・犀星・辰雄・達治」、中村光夫「自然主義」、中島健蔵「国木田独歩と民友社」

一五日（水）成瀬正勝「森鷗外と『スバル』」、稲垣達郎「夏目漱石とその門下たち」、杉森久英「永井荷風と谷崎潤一郎」

一六日（木）瀬沼茂樹「有島武郎」、亀井勝一郎「内村鑑三と正宗白鳥」、臼井吉見「白樺の人々・志賀直哉ほか」

一七日（金）楠本憲吉「正岡子規と『ホトトギス』」、山本健吉「私小説作家たち」、吉田精一「芥川龍之介と『新思潮』」

一八日（土）伊藤整「横光利一と新感覚派」、平野謙「小林多喜二とプロレタリア文学」、本多秋五「戦後文学をめぐって」

中野重治
（提供・福井県坂井市立丸岡図書館/中野重治記念文庫）

講師で印象に残ったのは、私の好きな室生犀星、堀辰雄、三好達治を語った中野重治である。中野の詩「雨の降る品川駅」が好きだったこともあるが、かつて同人誌『驢馬』に集まった面々、中野、堀辰雄、窪川鶴次郎、佐多稲子は誰に寄らず愛読していた。この日、中野は、欲張って五人もの作家、詩人を取り上げていたせいか、ひとりひとりを十分に語りきったわけではないが、三好達治が四月五日に六三歳で亡くなった直後のことだったこともあってか、しみじみとした講演だった。

5　身を捨ててこそ浮かぶ瀬もあれ

私は、工場勤めに見切りをつけ、文学勉強のできる環境に身を投じる決心をした。ストレスから胃潰瘍を患い、食事療法を受けるために一ヵ月間、梅屋敷の病院に入院した後のことだった。工場に戻れば、また胃痛に悩まされるに違いなかった。親不孝だとは思ったが、自分の道を生きるために母への仕送りは中断することにした。なにもかもなぐり捨てて、一念発起、文学の虫になる決心をしたのだ。潔く尻《けつ》を捲くって工場の寮を出たところまでは順調にいったのだが、退職金は雀の涙にも及ばない一万円だった。本棚を背中にしょってから、さてこいつをどこへ運ぼうかと思案にくれた。すぐさま宿無しになることが目に見えているにもかかわらず、浮浪人になってから、救いの神になってくれそうな友人の顔を思い浮かべた。塒《ねぐら》は読書会の中澤徳治が承諾してくれた。居候である。本棚と書籍は、知り合って間もない東京・南部リアリズム研究会の寺内ふみ子が預かってくれた。

私は、素寒貧の身で千尋《せんじん》の谷に飛び込んだのである。

「身を捨ててこそ浮かぶ瀬もあれ」

幸い、野宿することもなく、第一歩を踏み出した。

とはいっても糊口の道を断っておいて、さてこれからどうするかと思案をはじめているのだから泥縄もいいところである。だが、全く、目星がなかったわけではない。

椎名麟三の小説「深夜の酒宴」に、戸田という夫婦ものが出てくるが、その亭主は筆耕で稼いでいた。

「彼は謄写版原紙に製版する仕事をしていたが、二三日机の前で鑢《やすり》の音をさせていたかと思うと、すぐ倦怠を感じるらしく、映画を見に行くのだった。だから一月を通じると、割のいい仕事なのにその収入は家計費の半ばにも達しないのである」

私は、中学時代から謄写版を使っていたし、文字も巧いと煽《おだ》てられていた。三畳間の安アパートでも借りて、その〝割のいい仕事〟にありつければ、映画に行くところを文学勉強にあててなんとかやっていけそうな気がした。舞台やテレビドラマの台本はその大方が謄写版印刷だった。六二年上半期の芥川賞になった川村晃の「美談の出発」には、筆耕を生業とする人物が登場するが、作者自身が筆耕職人だった経歴の持ち主である。私は、椎名麟三や川村晃の作品に刺激を受けて、筆耕で生活する計画を立てた。むろんこれは生計を立てるためのもので、目指すところは文学勉強である。しかし、プロになるためには、ちょっとくらい、字が巧く書けるだけで飯が食えるわけはなかった。

そこで筆耕養成学校に通うことにした。御茶ノ水・梍角坂《さいかちざか》の中ほどに、日本で唯一の謄写技術専門学校、東京都公認の中央謄写学院（学院長・森田虎雄）があり、そこには普通科、高等課程のコースがあってプロを養成していた。まず普通科に入り、高等課程へと進むつもりでいた。入学案内には、〝手に職を持つ〟、〝謄写技術者は生活安定〟などと涎《よだれ》の出そうな謳い文句が並んでいた。しかも短期で卒業できるというのだから私にはもってこいの学校である。五三年の創立以後、二万数千人もの卒業生を送り出しているとのことだった。私は大船にでも乗った気になっていた。これで将来は安泰だとばかり、早速、鉄筆を砥ぐ練習をはじめた。

夜は、『現実と文学』誌に広告が出ていた麻布の中央労働学院文芸科に入学することにした。その面接試験が迫っていた。昼はガリ版修行、夜は中央労働学院、こうして私の捨て身の文学修業がスタートした。

Ⅱ　失われたときを求めて

1　麻布三ノ橋・中央労働学院文芸科

失われたときを求めて、闇雲に命綱の町工場を飛び出しはしたものの、待ち構えていたのはお定まりの宿無しの無一文、たちまちこの世の余り者になった。徳永直に「八年制」という短篇があるが、私もご同類のよるべなき貧しき労働者、心を開いて真剣に文学を語り合える友人ひとりいなかった。上京から七年、勉学とは程遠い孤独な日々を送ってきたが、工員服を脱ぎ捨ててしまえば、たちまち食えなくなった。

なぜ自分で自分の首を絞めるような無謀な真似をしたかといえば、一五歳の春に見た夢があったからだ。

上京してはじめて給料を手にした時、自転車を飛ばして真っ先に飛び込んだのは、事務所の走り使いで第一銀行へ出掛けた折、しばしば立ち寄っていた国鉄平井駅前の平井書店、そこでよく立ち読みをしていた。給料袋から思い切って五〇〇円札を抜き出して石坂洋次郎の

『山と川のある町』を買った。定価は二六〇円、『朝日新聞』に連載された長篇小説である。先に読んだ石坂の「石中先生行状記」が面白かったからだ。読書家で変わり者といわれていた溶接工のSに、「何を読んでいるのか」と聞かれて、表紙を見せると、そんなもの金を出して買うものじゃない、と窘《たしな》められた。

私の就職先、田中輪業株式会社は自転車やバイクのハンドル製造の専門工場で通商産業省認可のJIS（日本工業規格）の申請中だった。その資料作成は技術部の担当で私は技術部長付の助手ということになっていたが、事務所の雑用係にすぎなかった。第一銀行での金の出し入れや、鍍金場作業員の長靴や軍手を雑貨店へ買いにやらされたりもしていたのである。

私はSにいわれるまで本の選択に無頓着だった。読むべき本、読まなければならない本を選ぶことができない無知無学を揶揄されて辱をんだ。少年期は大人のさりげないひとことに屈辱を覚えたり、前向きになったりする。Sは近代文学を読め、といったが、何を読めとは教えてはくれなかった。満天の星の中から、私の〝文学〟の星を見つけ出す読書の旅がはじまったのは、その時からだった。

日本近代文学館の「夏季講座」を聴講した際、内村鑑三や森鷗外を除けば取り上げられた作家の作品を、僅かながらこの七年間に幾らかは読んでいたことを内心誇らしく思った。Sの忠告を受けなかったならば、私の読書遍歴はどっちの方向に向かったかわからなかった。

その頃、というのは一九六四年春、正慶岩雄先生から譲り受けた古雑誌『文学の友』（54年4月号。人民文学社発行）で、偶然、「働く人々のための学習の場——」という広告を見つけた。「夜間一ヶ年学校法人中央労働學院文芸科」の一頁広告だった。「新しい文学創造への意欲に燃えるひとびとのための基本的学習の場」、しかも入学資格も学歴、年齢、性別を問わないとある。

第一期生の募集人員は一五〇名、こんな学校があったのか、私は目を見張った。そして、夏の終わりに、『現実と文学』誌上で再び中央労働学院文芸科生徒募集の広告を見たのである。

学園沿革を調べてみた。四七年四月、中央労働学園専門学校として昼間部三年制（本科）、夜間部四年制（本科）の社会労働問題を専門科目とした旧制の専門学校として開校、同時に勤労者を対象とした夜間一年の別科を併設した。

四九年には学制改革により昼間部、夜間部の本科は四年制の大学に昇格し、中央労働学園大学となった。別科は中央労働学園大学付属労働学院となり、五一年八月に中央労働学園大学は法政大学に合併、法政大学社会学部として新発足している。付属労働学院は中央労働学院と改称、夜間一年制による社会科学の基礎的な知識と理論を学ぶ「政経科」を開講した。

「文芸科」が新設されたのが『文学の友』の広告にあった五四年だった。住所は、東京都港区麻布新堀町七番地、日曜、祭日を除き毎日午後六時より八時三〇分、一日に一科目又は二科目の授業で講師名がずらりと並んでいた。

青野季吉、阿部知二、小田切秀雄、小原元、大宅壮一、加藤楸邨、金達寿、窪川鶴次郎、蔵原惟人、黒田辰男、川口浩、国分一太郎、古在由重、小牧近江、近藤忠義、佐多稲子、壺井繁治、徳永直、中島健蔵、中野重治、野間宏、本多秋五、間宮茂輔、宮本顕治、村山知義、山田清三郎、渡辺順三などがいて、交渉中として映画監督の吉村公三郎、作家の椎名麟三が挙げられていた。

ここから佐江衆一や山岸一章が卒業、作家となっている。

「文芸科」は既に一〇年が経過していたが、講師陣の中で物故者となっているのは、五八年二月、五九歳で没した徳永直と六一年六月に死去した青野季吉の二氏ぐらいのものだった。

青野季吉は、『種蒔く人』の同人でプロレタリア文学運動時代には評論活動で指導的な立場に立っていたが、「文藝戦線」派に属し、「戦旗」派とは一線を画した人で、戦後は日本文芸家協会会長などを務めている。徳永直は熊本出身、代表作は、映画にもなった「太陽のない街」だが、私は、短篇「馬」や「私は七歳で小学校に入ったが、その頃はもういっぱしの竹細工職人であった」ではじまる「最初の記憶」が好きだった。

六四年九月一日に中野重治が、「反党」声明を出して共産党から除名処分を受け、民主主義文学運動に分裂の衝撃が走った。杉浦明平は、『文芸春秋』(63年12月号)に、共産党が新日本文学会の乗っ取りをはかっている、といった誹謗・中傷文を『文芸春秋』に書き、針生一郎もまた、共産党は新日本文学会の主導権奪還をくわだてた、と第一一回大会後に悪罵を浴びせていた。

それから数日後のことだった。私は入学願書を提出するため、国電田町駅で下車、徒歩で慶應義塾大学前を通るコースを辿って中央労働学院へ向かった。渋谷駅前からの都電を利用する場合は「麻布三ノ橋下車」となっていた。学院長は堀真琴、建物は古ぼけた木造二階建てで、学院の敷地内に「人民食堂」があり、アンパンや牛乳を売っているうなぎの寝床のような売店があった。教室は二階にあった。

それにしても、一体、民主主義文学とは何なのか。『現実と文学』誌上では、「戦後の民主主義は、労働者階級を中心とする反帝・反独占の人民的民主主義であり、それに対応する民主主義文学は、とうぜん、近代的人間確立の個人主義的文学ではなく、現実を人民の立場から変革するという全体的な視点に立つ文学でなければならない」と繰り返しいわれていた。その起草者は霜多正次、西野辰吉だった。

三好達治の詩を口ずさむ情緒的な私は、「個人主義的な文学でなく」という一行で門前払いをくわされた気がした。しかし、時には、「個人主義的な文学だけでなく」と緩やかな表現も見受けられた。間口が狭くなったり、広くなったりした。そうした中で、宮本百合子の「両輪―創造と評論活動の問題」の一節に心を留めた。

「どういう門から入ろうと、それが葛《かずら》のからんだ小門からであろうと、粗石がただ一つころがされた目じるしの門からであろうと、あらゆる道が、一つの民主主義文学の広場に合し流れ集まらなければならない」

といわれれば、望みをつなぐことができた。だが、リアリズム研究会は明確な主張を掲げた革命的な創造団体であり、新日本文学会は、「広範な民主主義的文学者の統一組織」であることを斟酌すれば、二つの組織を同一視することが出来るわけはなかった。一篇の小品さえ書いていない文学青年にとっては、評論は正に文学運動入門の道標《みちしるべ》、私は自信のなさからその文言に一喜一憂していた。

中労事務所で入学試験日を指定された。

一〇月一〇日、国立霞ヶ丘陸上競技場で東京オリンピックの開会式最終盤の式典で伝書鳩《カワラバト》が大挙して放たれたが、そこに茨城県龍ヶ崎市から運び込まれた伝書鳩も相当数、参画していた。私の弟・和義たちの伝書鳩グループも協力・提供していることを事前に知らされていた。私は、電気店の店頭のテレビ中継で、聖火台の上空に隊列をつくって飛ぶカワラバトの群れをテレビ中継で見ていた。

日本全国がオリンピック一色に染まっていた時、民主主義文学運動体では大きな事件が起きていた。第一一回大会で選出された新日本文学会新常任幹事会は、大会の際、対案を出した江口渙、霜多正次、西野辰吉の三名を、「会の民主的ルールを乱す行為」を行ったとして除名処分にした。同時に、『文化評論』に「文学運動の新しい前進をめざして」を発表した津田孝を、「会活動に対する分裂的反対活動の煽動」をしたとして三氏同様に除名にしていた。

中央労働学院の入学試験はその二日後、一二日に行われた。といってもごく簡単なもので、作文の後、五分程度の面接ですぐにすむといわれていた。私は中学校を離れて七年、教室の味を忘れかけていたが、夜間とはいえ校門を潜る喜びに胸がときめいた。夜の教室を照らす灯りの下には学び舎の文学的香りが漂っているように思えた。中学時代の友人Mは湘南高校を経て一橋大学法学部を卒業、司法試験に挑みはじめていた。私は、僅か一年という短期の学費に困っていた。配本完結したばかりの岩波書店版『荷風全集』などを、一篇も読まぬまま戸越銀座の古本屋へ手放してどうにか金を工面した。

2　一歩ずつ文学の世界へ

面接会場に現れたのは、初対面の西野辰吉だった。一対一の面接会場にしては広すぎる会議室でテーブルを挟み向い合った。新日本文学会から除名された直後だったが、西野に悲壮感はなかった。

『現実と文学』の定期読者になって数ヵ月、はじめて言葉を交わした作家がこの日の西野辰吉だった。身長はさほどではなかったが、がっちりとした体軀で、顔の肌は赤茶けていた。ベレー帽を被り、黒縁眼鏡をかけ、パイプを銜えていた。西野辰吉に関する予備知識は、リアリズム研究会の創立メンバーで、『現実と文学』編集長であることや、著書に第一〇回毎日出版文化賞を受賞した『秩父困民党』（56年）があるといった程度である。雑誌に載った評論には目を通していたが、小説はまだ一篇も読んでいなかった。

西野は、風雲急を告げる文学運動の渦中にいる人とは思われぬ穏やかな素振りでパイプの煙をくゆらせていた。私は住所不定の失業者だったから、怪しまれて、ふるいおとされるのではないかと内心穏やかではなかった。東京南部リアリズム研究会の発起人のひとりになったことも願書に書いた。西野に、どういう人たちがいますかと問われて、山岸一章、浜賀知彦、丹羽正明、犬塚眞行らの名を告げた。するとその人たちなら知っています、とでもいうように名前を挙げるたびに一人ひとり頷いていた。

東京南部リアリズム研究会の例会は大井町駅前、ゼームス坂に程近い民主書店・大井町書店の二階座敷を借りて、日曜日の午後に開かれていた。私は既に個人的に親しくなっていた寺内ふみ子の名はなんということなく口にしなかった。山岸は、国鉄大井工場でレッドパージされた作家で、「民族独立行動隊の歌」の作詞者でもあった。リアリズム研究会編『現代リアリズム短篇小説選』（64年7月、新読書社刊）に、「第一〇回アカハタ短篇小説」入選作「幽霊助役」が収録されていた。

同書の「作品解説」で津田孝が、山岸の経歴を書いている。それによると、山岸は、「小学校卒業のあと、プレス工、製綿工、無線通信機部分品の組立工、陸軍科学研究所の研究助手、人夫、トラックの上乗り、文選工などの職業を転々としてきた」苦労人だった。幼い時に父母と死別、叔父に引き取られて早くから労働体験をしていたことなども耳にしていた。山岸は、例会の席で、家が狭いのか押し入れの中で原稿を書いているとも言っていた。

山岸一章

ところで、君が入学を希望した動機について話をしてくれませんか、と西野は本題に戻った。だが私は即答できなかった。当然、面接前に準備しておかなければならない本題の答えを用意してこなかった間抜けさに慌てふためいて、しどろもどろになっていた。

「小説を書きたいのです」

それが私の精一杯の答えだった。

私の父・潔は、家族を見捨てて北海道のどこやらにいることぐらいしかわからなかった。祖父・和吉は上総の人だが、父が一〇歳の頃、家業である鍛冶屋とともに代々の家屋敷を捨てて身請けした廓の女性を連れて帯広に移住、窯場を造ったが失敗、陶工の夢を断念した。潔の妹ふたりは釧路と帯広で家庭を築いていた。私は漠然とではあったが、家族がばらばらになっていく離別の根拠を小説で探ろうとしていたが、まだ何も書いていなかった。

3　江口江一、李珍宇、そして森本薫

西野は、私が中卒であることを知ると、自らの来歴を語りはじめた。私は面接を受ける側から聞き役に回っていた。西野はこの時、四八歳だった。父母は日露戦争の頃、富山から北海道に入植した開拓農民で天塩海岸の初山別村から空知へと移った。西野は小学校卒業後、一年ほど農業を手伝っていたが、詩を書いていた実兄の影響で文学に近づき、栃木県の足尾銅山で労務係をしていた叔父の世話で変電所の見習いになったのだという。その後、学歴を詐称して業界新聞記者や出版社に潜り込んだといって笑っていた。私になぜそんな話をするのか解せなかった。

私は、願書によせばよいのに行ってもいない都立小松川高校定時制中退と偽りを書いてい

た。それは、田中輪業の事務所で机を並べていた社長の姪で画家志望の田中絹子が卒業した高等学校だった。私の虚偽を西野に見破られたかと思い、冷や汗をかいた。私の後に面接を待つ応募者がいた。制限時間の五分はとっくに過ぎていた。

「作家になるのに、学歴は関係ありませんから、気にすることはありません。ところで、好きな作家は誰ですか」

「中二の時に森本薫の戯曲『女の一生』読み、文学って凄いものだと思ったのが文学を好きになったきっかけです。木下順二の『夕鶴』、無着成恭編の『山びこ学校』では、江口江一の『母の死とその後』に感動しました。好きな作家といえば佐多稲子です。小松川女子高生殺人事件の犯人、李珍宇や獄中歌人の島秋人も好きです。二人とも死刑囚ですけど」

「李珍宇は金（達寿）君がいろいろと書いている在日朝鮮人ですね、よく知っています」

事件当時、金子鎮宇こと李珍宇は私よりも二歳上の一八歳、ＩＱ一三五、秀才か狂人かと騒がれた朝鮮人集落に住む小松川高校定時制一年生で父親は日雇人夫、昼は田中輪業の裏手にある小さなプレス工場の見習工として働き、夜は高校に通っていた。証拠品を新聞社に送りつけ、警察には自ら電話をかけるなど挑戦的ともいえる大胆な行為で社会を震撼させた。二件の殺人事件を起こしていたことが判明したのが五八年夏のことである。

私はしゃべりすぎないように自重したつもりだが、いつの間にか饒舌になっていた。そういえば、佐多稲子も小学校修了前にキャラメル工場で働き出している。貧困と文学は、深いところで繋がっているのかもしれなかった。

一〇月一九日に入学式が行われた。応募者は定員に達しなかったのか全員が合格したらしかった。二一日の授業は西野辰吉「文学の学び方」だった。ここでも西野は、わたしの学歴は小学校だけです、と前置きしてから講義をはじめた。そして、「文学志望者にとって必要なことは思想です、思想は絶対に欠くことのできない要素です」と、力説した。

この日、オリンピック競技柔道中量級決勝戦で岡野功がドイツのホフマンに勝ち、金メダルを獲得した。岡野は龍ヶ崎一高出身、理髪店の次男で二歳上の兄・守が私と同級だった。二六日、私はクラス委員長に選ばれた。副委員長は一九歳の小田孝子という美術予備校生で、よく遅刻してきたが、いつも私の横に着席した。そのために他の生徒はたとえ席が空いていても、「ここはあの人の席ね」などといって、ほかの席を探した。

4　千駄ヶ谷で天恵の声を聴く

一二月二五日、リアリズム研究会の「東京研究会」が千駄ヶ谷の日ソ協会であった。西野辰吉が、『現実と文学』一月号掲載の小説作品について報告すると聞き、初参加した。読者でも傍聴を許されたのである。同誌には画家・永井潔と女優・北林谷栄の対談「世界のこと日本のこと」があり、創作は斎木一家「事後調査」、大星繁次「請負工」、三国洋子「クリスマスまで」、石川冬子「ラジオについて」の四篇、三国は函館市湯の川町在住、東京大学卒の放送タレント、三國一朗の縁者だと聞いた。会が終わってぞろぞろと帰りかけた時、私は背後から西野辰吉に呼び止められた。

一度、わたしのところに遊びにいらっしゃい。ここにわたしの住所が書いてあります。地図も書いておきました。速達で送るつもりでしたが、会えてよかった。年内に来られませんか？

西野辰吉
（集英社版『新日本文学全集 13』より）

西野から小さく折りたたんだ原稿用紙のようなものを手渡された。地図まで準備してあるということはただ遊びに来いというだけでなく、大事な用件が含まれているのかもしれない、と私は勝手な期待を抱いた。不意の誘いに戸惑いながら、「ありがとうございます」といって、手渡された白い紙を押し戴いた。

同人たちはこの後、忘年会にでも行くのか、日ソ協会の玄関前で西野の出てくるのを待っていた。その一団の中に、発言者のひとり伊東信の顔があった。「総員帽振れ」で第一回リアリズム文学賞を受賞した作家で、中央労働学院の講師でもあった。

その晩、私のポケットに残っていた裸銭は一六円、喫茶店にも立ち寄れなかった。電車の初乗りで一〇円、後は定期券で大井町線の下神明駅までキセルをした。私は戸越銀座の中澤宅には帰らずに、寺内ふみ子の下宿先に向かった。

ふみ子に西野辰吉から手渡された原稿用紙を広げて見せた。西野の手は痙攣でもするのか、万年筆の筆跡はギザギザの線に見える独特なものだった。しかも細かな字で読みにくいことは読みにくかったが、判読できないほどではなかった。

「就職の話でもあるのかな」

「まさか」

ふみ子は即座に一蹴した。「まさか」といわれて、私の心は凍りついた。そんな訳はないだろ、身の程知らず、と鼻であしらわれたからである。私はふみ子との関係は先がないなと思った。彼女は私の二歳上で日本大学芸術部を卒業後、大手銀行のPR誌を編集しながら小説を書こうとしていた。西野がもし編集者を探しているのならば、大学出を採用するだろうと思ったに違いない。ふみ子の「まさか」にはそんなニュアンスが籠っていた。

暖かな師走の二八日、私は小田孝子を誘って、小平市小川町の西野辰吉宅へ向かった。

Ⅲ　進取・変革の文学、リアリズム研究会

1　運命を変えた西野辰吉宅訪問

中央線の国分寺駅からは、私鉄の線が二つ出ていた。一つは西武多摩湖線で、これは佐多稲子の家のほうへ行く電車であった。もう一つは西武国分寺線という、東村山をへて所沢のほうへぬける電車で、西野辰吉が住んでいたのはその沿線だった。小川という小駅で降りて、しばらく歩いて行くと、黄いろい砂ぼこりがあがっている畑のなかに、都営住宅の集落が見えていた。

（窪田精著『文学運動のなかで』から）

窪田精が五〇年ごろに西野辰吉の家を訪ねた時のようすである。西野が青梅街道沿いに延びた小平の農村地帯の都営住宅に入居したのは四九年だから、引っ越しをして間もなくのことだ。東村山には、ハンセン病国立療養所多磨全生園があり、今にして思えばそこに、私より七つ年上の冬敏之がいたわけだが、ハンセン病療養所のあることさえ知らなかった。私は、小田孝子を小川駅に待たせて、西野辰吉から渡された地図を片手に都営住宅へ向かった。さすがに畑や黄色い砂ぼこりは、宅地化と舗装とで消えていた。よく晴れ渡った青空の下を期待と不安を抱えて、だだっ広い道路をとぼとぼと歩きながら、時折、駅を振り返って見たりした。

作家の家は、平屋の二軒長屋で軒の低い質素な都営木造住宅だった。手ぶらの客を作家はにこやかに出迎えてくれた。なにしろここまで来る電車賃さえ寺内ふみ子に用立てて貰っていたくらいだから、手土産など思いつきさえもしなかった。作家は、「道に迷いませんでしたか」と、やさしく声をかけてくれた。小さな玄関の左手の三畳間ほどの和室が作家の書斎だった。私は脱いだオーバーを上がり框に置き、腰を折って書斎の敷居を跨いだ。家族の姿はなかった。塵ひとつない清潔な書斎には、いかにもお手製といった天井までの書棚が取り付けられていた。そこには、文学書や歴史書などの蔵書が行儀よく並んでいた。薄い棚板は中央が本の重みでしなっていた。作家の作品集であるみすず書房刊の『米系日人』や講談社の『秩父困民党』、筑摩書房の『種子は播かれた』、新日本出版社刊『根拠』などが目の前にあった。

「足を崩して楽にして下さい」

といわれたがコチコチにかしこまったまま、用件が切り出される瞬間を緊張して待ち構えていた。師走だというのに額から汗が吹き出ていた。それでもそれとなく室内を見回していた。筆一本で暮らしを立てる作家生活の台所の厳しさが黄ばんだ障子紙からも垣間見えた。棟続きの隣には、奥野正男の家族が住んでいるという。奥野はアカハタ編集局社会部の記者だが、「地底の炎」など力作小説を発表して注目されているリア研の同人だった。いずれ紹介します、と作家は言って、パイプの葉煙草に火を点けた。座卓の上には書きかけの原稿が広げられていた。新年から「アカハタ日曜版」に連載する「木崎争議物語」の原稿だった。

西野辰吉（右）と筆者。（中野区昭和通りのリアリズム研究会事務所にて　1965/1　撮影・後藤彰）

「鳥居君から、君が失業中だと聞いたものだから、どうかなと思ってね。リア研で働いてみる気はありませんか？　給料は安いけど勉強にはなると思います。考えてみてくれませんか」

ほらみろ図星じゃないか、と私は腹の中で〝まさか〟といったふみ子を見返していた。欣喜《きんき》雀躍《じゃくやく》、即座にありがとうございます、お願いします、と畳に手をついて頭を下げた。

鳥居というのは、中央労働学院・鳥居俊夫常任理事のことである。リア研の専従事務局員、浅井典子が新年一月一五日付で退職すると聞き、私が職を探していると言ってくれたのである。北ベトナム訪問中の窪田事務局長に代わって、リア研の運営委員、金達寿、霜多正次、佐藤静夫、小原元、そして西野辰吉など三役が事務局員になりたいやつはいないかとあちこちに口をかけていたのである。西野は、「但し、三ヵ月間働いてもらって、〝よし〟となったら正式採用する、それでもいいかな」とあくまで仮採用であることを強調した。

「随分ゆっくりだったのね、お腹ぺこぺこ」

如何にも待ちくたびれたという顔をして、孝子は身体を摺り寄せてきた。そして、子どもが甘えるように冷えた柔らかな手を私のオーバーのポケットに差し込んできた。

霜多正次（1966年頃、箱根・強羅）

それから間もなくして孝子は学生援護協会の紹介で東中野から桜上水の古澤宅へ引っ越した。共産党の区議会議員が経営する下宿は男子禁制だったからだ。古澤宅へ転居した数日後に私が転がり込んだ。ふみ子とは元日に別れていた。大家は一九の予備校生の大胆さに呆れかえっていたに違いない。大家の家族に亡くなった病人でもいたのか、入居した部屋は三畳間で広い庭に張出すようにして増築された病室のような一室だった。中央に大きなベッドがデンと据えられていた。

リアリズム研究会事務所入りが決定したのは六五年一月九日、土曜日のことである。三日の夕刻に事務所で後藤彰との初の顔合わせをすることになった。西野がセットしてくれたものだった。仮採用通知ともいうべき速達ハガキが届いたのが九日午前八時頃である。〝ハガキ届き次第、すぐ来られたし〞と書かれていた。差出人は後藤彰となっていた。後藤は『現実と文学』の編集実務者で、日刊紙「アカハタ」に初の長篇小説「鎖と戦列」を連載していた。

『現実変革の思想と方法』
（新読書社、1963）

私は、とるものもとりあえず東中野へすっ飛んで行った。事務所の所在地は、中野区昭和通り一の二九、中央線の東中野駅を下車、山手通りを横断して、東中野銀座通りを五、六分行った先に桜山診療所がありその外階段を上った二階にあった。東中野銀座通りの突き当りが早稲田通り、信号機は青原寺駐在所前となっていた。時間が早すぎたのか、事務所には鍵がかかっていた。私は、東中野銀座通りをぶらついて時間をつぶしてから、再び事務所へ行った。今度は後藤彰が待っていてくれた。仕事の分担を指示されたあと、月曜日から出勤するようにと告げられたのである。私は気が乗りさえすれば、時間を忘れて働く人間だった。

「あなたは情熱的な手紙を書く人ですね」

私は口下手なので事前に自己紹介を手紙に認めていた。

リアリズム研究会は、霜多正次が代表取締役になっている現実と文学社との二枚看板になっていたが、出版物は雑誌一点だけで、私の仕事は主に組織と庶務だった。社員は後藤と私だけ、初任給は工員時代の三分の一だった。リアリズム研究会編の出版物、『現代リアリズム短篇小説選』『現実変革の思想と方法』『新しいリアリズムへの道』は、神田の新読書社から出ていた。

それでも私は元気横溢、水を得た魚のように張り切っていた。初仕事は『現実と文学』の発送だった。まず同人や会員、定期購読者などの封筒の宛名印刷にとりかかった。謄写用カードでその数は一、四〇〇人、その宛名一枚一枚をローラーを転がしながら刷る手間のかかる作業だった。雑誌は、日販、東販、栗田、あかつきなど取次店にも入っていた。私は、中央謄写学院の高等課程を既に修了していたが、筆耕で食いつなぐ計画はお流れになったものの、ガリ版技術は事務所でいくらかは役に立った。

封筒に詰めた雑誌は麻紐で五〇部に束ねた。それを第三種郵便物として中野郵便局の窓口に運び込むのだが、その運搬手段はなんとリヤカーだった。リヤカーの傍にはひと気はなかったが、持ち主は廃品回収業の在日朝鮮人の老夫婦だという。リヤカーいっぱいに郵便物を積み上げて、前の梶棒を私が曳き、後ろから後藤が押してくれた。町中でリヤカーを見かけることもなくなっていたから、物珍し気な人目が集まり、いささか照れ臭かった。中野郵便局には、『現実と文学』の読者がいるとのことだった。面識を得たのはそれから四四年後、二〇〇九年の第八回『民主文学』新人賞で佳作になった「送り雛」の作者、大川口好道がその人だった。

2　ベトナム戦争取材中の窪田精から

事務所あてに窪田精からホーチミン主席の写真入りの絵はがきが届いた。ベトナム民主共和国ハノイ市〝統一ホテル〟にて、一九六四、一二、二五。となっていた。ベトナム戦争下の招待訪問中だった。

窪田精『たたかう北ベトナム』(飯塚書店、1965)

前略　一二・一八。羽田を発ち、同日午後香港着、翌日　広州に入り、その日の国際列車で、二昼夜、中国南部の大陸を走りつづけ、二一日ハノイに着きました。こちらは東京の五月か十月の気候で、Yシャツ一枚に冬服で、日中はすこし汗ばむくらいです。(こちらの人は厚着をしています)しかし季節は冬で、中国国境ふきんの山地は、コートを着ていても、がたがたふるえるくらいの寒さでした。すでに五日、作家協会や郊外の〝創作村〟を訪ねたり、革命博物館に行ったりしました。正月ごろまでハノイ周辺をまわり、その後、山岸君と二組に別れ、彼は北ベトナムの北部工業地帯へ、ぼくは南下し、一七度線の方に行く予定で、こちらの方と打ち合わせをしています。会の「年末」のことが気にかかっています。どうかよろしく。(昨夜はクリスマスでこちらもにぎやかでした)

「山岸君」とは同行した山岸一章であり、「年末」とあるのは、印刷所への支払いを気にかけてのことである。窪田事務局長は、月刊雑誌発行を維持する財政の責任をひとりで背負っているかのようだった。外国にいても支払いのことが頭から離れなかったようだ。この後、アメリカ軍による北爆が激化、窪田は足止めを食らった。二月八日から一一日にかけてハノイ市内では延べ百万人のデモが行われ、ベトナム人民による侵略者アメリカ打倒の士気は最高潮に達していた。次に届いた絵はがきは二月一五日付のもので北京の新橋飯店で投函されていた。そこで二二日に北京を発ち、二四日に羽田に到着の予定だと伝えてきた。窪田のベトナム滞在期間は大幅に延びて五三日間となった。

3　リアリズム研究会の作家たち

一月二〇日、池袋の清竜酒造でリアリズム研究会の同人総会が開かれ、一七名からなる新運営委員会が選出された。その席で私は西野辰吉によって出席者に紹介された。奥野正男も同人総会に出席していた。奥野は、北海道生まれの三四歳、小学校を出てから一七年間、三井美唄炭鉱の労働者だったというハンサムな長身痩軀、炭鉱夫の名残りはせいぜい猫背であるぐらいなものだった。

沖縄出身の作家・霜多正次、在日朝鮮人作家の金達寿、法政大学教授で文芸評論家の小原元、東京教育大学教授で文芸評論家の佐藤静夫、雑誌『文化評論』編集責任者で文芸評論家の津田孝、駒込でパチンコ店を経営しているという張斗植などが運営委員になっていた。むろん、窪田精の名前もそこにあった。

私は、初対面の金達寿にいきなりその太い腕で肩を抱かれて激励された。

「君か、西野君に見込まれて事務所に来たというのは、しっかり頼むよ」

金達寿
（集英社版『新日本文学全集13より）

金達寿は聞きしに勝る大人《たいじん》だった。それからは、ことあるごとに新宿へ連れ出された。私は下戸だったが、金達寿の一団の後ろにくっついて、新宿西口のボルガなどで飲み歩くうちに酒を覚えた。なにしろ金達寿には取り巻きが多かった。私よりさらに後ろから就かず離れずついてくる陰気で眼の鋭い男がいた。朝鮮総聯の機関紙

「朝鮮民報」の記者らしいというだけで誰も紹介してくれなかった。あとでわかったことだが、その人こそ後に小説「鴉の死」を発表して注目された金石範だった。

金達寿は、一九三〇年の冬、一〇歳で朝鮮・慶尚南道から日本にやってきた。日本語を知らない達寿少年は洗足池公園あたりで屑拾いをやっていた。品川区の山中尋常小学校の夜学から源氏前小学校へ転校したという。山中町は私の消えた婚約者が働いていた産婦人科医院のある町だった。

居酒屋で歌がはじまると金達寿は、長髪を指でかきあげながら慶尚南道の民謡を朗々と歌い出した。金達寿の歌声には民族の哀愁が色濃く滲んでいた。一座はしんみりとして、酒を忘れて聴き惚れていた。金達寿の隣りには十代のころからの盟友で『現実と文学』に「ある在日朝鮮人の記録」を連載中の張斗植が座っていた。張斗植は金達寿より年上で〝達寿《タルス》〟と呼び捨てにしていた。カラオケなどはまだなかった頃のことだから、誰もが流行歌をアカペラで歌った。霜多正次は沖縄民謡、津田孝は詩吟、窪田精は北ベトナムに滞在中のため欠席していたが、役者時代に培った声音で「国定忠治」の名月赤城山の場面をよく演るということだった。金達寿に君も何かやれといわれて、私は、重い腰を上げた。

そして口三味線で、ツツン、ツンツンとやり出した。

〽緋緬　ハア　肩から滑って覗いた乳房　ハア　にっこり笑って消す灯り

新宿末広亭で見覚えた柳家三亀松の都々逸を三つばかりやった。金達寿に、「君は国粋主義者か、いったいそんなものを何処で覚えたんだ」と、あきれかえられた。町工場での私の有給休暇は洗足池図書館と映画館に寄席、『人生手帖』の活動などに消えていた。

4　中国作家協会代表団来日と文化大革命

六五年三月二四日、中国作家協会の代表団が日中文化交流協会の招きで来日、四月二八日に帰国するまでの約一ヵ月間、全国各地で交流・親善活動を行った。来日したのは六六歳の老舎を団長に、作家の劉白羽、評論家の張光年、作家・劇作家の杜宣、女流作家の茹志鵑《ルージーチュワン》の五氏。リアリズム研究会は、六三年にも、来日した巴金を団長とする中国作家協会代表団と交流している。その時の集合写真を私は事務局入りした記念に進呈されていた。のちに日中文化交流協会が、六五年度を総括した次のような文書がある。

アメリカが北ベトナムへの全面爆撃を開始したこの年、中国では毛主席が「党内の資本主義の道を歩む実権派」を批判、一一月に姚文元が上海文匯報に「海瑞免官を評す」を発表し「文化大革命」の序幕が切って落とされた。この年は文革による交流途絶を予感したかのように、作家の老舎を団長とする中国作家代表団の来日、新劇一五劇団合同による訪中公演など、文学、演劇、映画、美術、写真、舞踊、化学、体育などの交流が相次いだ。

時は正に「文化大革命の前夜」だったのである。文化・芸術団体の日中友好親善は百花繚乱、この一年に集中している。ところが翌六六年になると紅衛兵が「造反有理」を叫び、中国全土で暴れ出し、代表団の団長・老舎をはじめ多くの文化人、知識人が犠牲になるなど誰が予想しただろう。

リアリズム研究会と中国作家代表団との懇談会は三月二七日と決まった。

この日、もうひとつ嬉しいニュースがあった。集英社版『新日本文学全集』の最終配本として「金達寿集　西野辰吉集」が発売されたのだ。私は、つつましやかな暮らしぶりをしている西野辰吉のほころぶ顔を思い浮かべていた。

懇談会会場は代表団の宿舎、ホテル・ニュー・ジャパンに設けられた。国会や永田町周辺は、連日、アメリカの北爆に抗議するデモ隊のシュプレヒコールが轟いていた。私は、世紀の国際交流を後世に残す重要な記録係として指名を受け、〝デンスケ〟（携帯用録音機の俗称）とカメラも持たされた。ソニーのテープレコーダーはずしりと重い。録音機は右手、左手には一、二〇〇フィートのPY―7のテープ三本などを詰めた鞄を持ち、肩にはペンタックスカメラをぶらさげた。

懇談会が終われば、すぐにでもテープ起こしにかからなければならなかった。これも私の初仕事だった。

中国側の出席者は、張光年、杜宣（中座）、茹志鵑の三氏、老舎、劉白羽は欠席した。リアリズム研究会側は運営委員と同人有志十数名が出席した。懇談会は、午前一〇時から二時間半にわたって行われたが、議論が白熱、中国側の希望もあって夜八時から第二ラウンドが行われることになった。中国で論争が巻き起こっている〝中間人物論〟をめぐって両国の作家・評論家の議論が沸騰したからだった。

この日のことを伊東信が「中国作家と懇談」と題して『現実と文学』七月号に書いている。茹志鵑女史は、上海の工場労働者作家だった。

幼くして両親を失った彼女は上海の孤児院で育ち、学校も四年までしかいかなかった。十八歳で抗日戦争の紅軍に参加、軍隊で毛沢東の『文芸講話』を学習し、その後内戦と革命を機に党出版物の編集、創作をやるようになった。女史の瑞々しい筆致は注目の的になっていた。中間人物論争は、六二年に中国作家協会副主席の邵荃麟が〝中間人物を描け〟と提唱したことから批判が起こり、問題は日本にも伝わっていた。張光年が論争の経緯を語った。

作家、芸術家はなにをかいても自由である。だがその作品は労農兵と勤労人民のためにかかれ、社会主義革命の遂行に奉仕する内容でなければならぬ。革命事業の遂行にいてもいなくてもよい〝中間人物〟をでなく、先進的人物こそ積極的に描くべきだ。

「現実の変革をめざす新しいリアリズム文学─革命的民主主義文学の創造」、これこそリアリズム研究会の一枚看板だった。私には生齧りのテーマだが、出席している両国の作家には最大の関心事だった。延々五時間に及ぶ貴重な懇談会の全容はテープに収められた。

私は帰宅するとすぐに、さてはじめるか、と腕まくりした。電源を入れ再生ボタンを押した。リールが厳かに回転を始めた。五秒、一〇秒、一分、二分と回転しても、ことりとも音を発しない。くるくると回り続けるPY─7に目を凝らしている内に血の気が失せていった。録音に失敗したのだ。操作ミスだ。赤いボタンは電源で録音は緑のボタンが点くことをその時になって気がついた。私は一枚の写真も撮らずに、空回りしていた〝デンスケ〟に五時間もの間、金縛りになっていたことになる。バカ、マヌケ、ドジ、オタンコナス、唐変木、ヒョウロク玉、ああ、この取り返しのつかない失敗をしてどう責任をとればいいのだ。

私は狂ったように髪頭をかきむしった。

伊東信の一文は、私のしくじりの穴を埋めるために急遽、原稿依頼したものだった。仮採用の件もこれでオジャンだ。

私は花冷えのする夜の星を悄然として仰ぎ見た。

Ⅳ　一九六五年夏・金達寿・松本清張・梅崎春生

1　リアリズム文学賞選考委員会

赤坂のホテルニュージャパン八八二号室での中国作家代表団との懇談会収録に大失敗、事務所へ出にくくなった。失策《へマ》をした責任をとるべきか否か西野辰吉に相談したが、その必要なしといわれた。それどころか、四月二八日に帰国する代表団の歓送レセプションの招待状が届いた。四月二六日夜、会場はホテルグランド半蔵門、リア研運営委員会が、私をも推薦名簿の末席に加えてくれていたらしい。

懇談会には顔を見せなかった団長の老舎、劉白羽をはじめ代表団一行がにこやかに主賓席に並んでいた。日本側からは、日中文化交流協会理事長・中島健蔵や日本文芸家協会を代表して石川達三が出席していた。シャンデリアの輝く宴会場だったが、「新日本文学会関係者は来ていない」と、窪田精は言った。中島健蔵は、ベトナム戦争をエスカレートさせる〝アメリカ帝国主義〟を激しい口調で批難したが、石川達三は、しきりと〝自由〟を強調し、文学

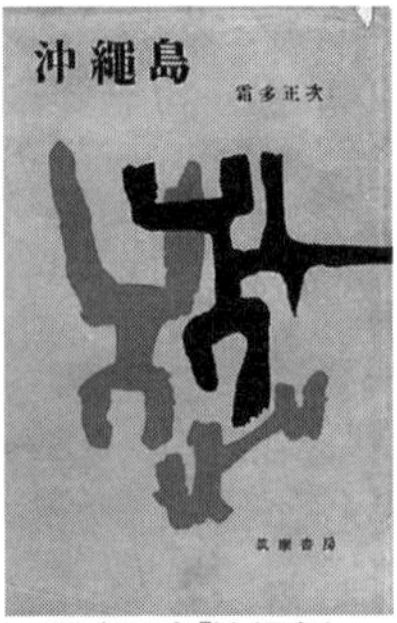

霜多正次『沖縄島』
（筑摩書房、1967）

者には政治問題は〝縁〟がなく、ひたすら〝作家〟としての自由なる交流を大いにもつべきだという意味のことを短いあいさつの中で繰り返した。

中島健蔵は、『現実と文学』に長篇自伝「自画像」を連載していた（連載は、『民主文学』に「朝風」第1回として引き継がれ、後に筑摩書房から『自画像』全五巻として刊行された）。中島邸は事務所からほど近い中野区内にあった。私は徒歩で原稿をいただきに通っていたが、二百字詰めの原稿用紙を手にして玄関先にあらわれるのはいつも夫人だった。中島健蔵（62歳）は、リアリズム文学賞の選考委員にもなっていた。

リアリズム文学賞は六三年に設定された。第一回受賞者は、「総員帽振れ」の伊東信、第二回は受賞者なし、そして第三回は奥野正男、賞金は三万円（芥川賞の副賞は十万円）である。「この賞には、会内の有志の寄金で、わずかではあったが、副賞として賞金も出されていた」（窪田精『文学運動のなかで』）。リアリズム文学賞は有能な新人作家を世に送り出そうとする霜多正次らの希望の結晶だった。

第三回リアリズム文学賞選考委員会は七月十三日朝、杉並区浜田山の松本清張邸で行われた。中島健蔵と小原元（46歳）は欠席したが、霜多正次（52歳）、金達寿（46歳）、窪田精（44

歳）、佐藤静夫（46歳）、西野辰吉（49歳）、松本清張（56歳）の六氏が出席、受賞作は奥野正男の「地底の炎」に決定した。

　審査委員のなかでいちばん若かったのが窪田精である。「一九五〇年の夏、朝鮮戦争がはじまったころ、ぼくは東京都下のある町に住んでいた。おなじ都下に、そのころの民主主義文学運動の中心組織―新日本文学会の支部で知り合った霜多正次や西野辰吉や畔柳二美などが住んでいた。霜多正次はニワトリを飼い、西野辰吉は立川職安の日雇いで、畔柳二美は戦争未亡人、ぼくは米軍基地の労務者などをやっていた」（窪田精著『私の戦後文学史』）

　それから一五年程が経っていたが、西野辰吉の妻は、未だに病院の洗濯婦として働いている、と窪田精は言った。畔柳二美（12年～65年）は、映画にもなった小説「姉妹」で毎日出版文化賞を受賞している女流作家だが、窪田からその名をよく聞いた。戦争未亡人を枕詞にして、彼女自身が告白したものなのか、体が火照って眠れない夜は、たとえ真夜中でも外の井戸端で頭から冷水をかぶった、と窪田はいうのである。私は、女流作家の肉体の苦しみを思って同

金達寿『朴達の裁判』
（東邦出版、1972）

西野辰吉『秩父困民党』
（東邦出版、1968）

情を禁じ得なかった。この年のはじめ、畔柳二美は五三歳で亡くなっていた。

その朝、私は例によってペンタックスカメラを肩にぶらさげて、京王井の頭線の浜田山駅で下車して、松本清張邸に向かった。

これより前に、許南麒とリア研同人で歯科医の後藤直の対談「『日韓問題』と文学」を飯田橋の朝鮮総聯会館で行った時もテープレコーダーを持ち込み、ペンタックスでポートレート撮影を行った。許南麒は、日本語で書いた叙事詩「火縄銃のうた」や「朝鮮海峡」などの大作があり、在日朝鮮文学芸術家作家同盟委員長でもあった。物腰は柔らかく人柄は穏やかな詩人だった。金達寿、張斗植、鄭貴文、尹学準、朴春日、金石範、そして許南麒、こうした人々がリア研の同人であるなしはともかく会の内外で活躍していた。

私が在日朝鮮人文学を知ったのは金史良が最初だった。二〇歳の頃、早稲田か神保町の古本屋街をぶらついている時に保高徳蔵序、金達寿編『金史良作品集』(54年、理論社刊)をみつけた。代表作は、小説「光の中へ」、ルポルタージュ「海が見える」などがあげられるが朝鮮戦争では従軍作家となって、人民軍とともに南下、この時、ルポルタージュ「海が見える」などの従軍記を書いている。祖国独立のためにペンを持って戦った作家である。しかし、戦場で消息を絶ち、死亡とみなされている。三六歳。

清張邸では応接間で待たされた。ソファの後ろにはとてつもなく大きなガラスケースの中に戦国武将の甲冑が鎮座していた。ゆっくりとした足取りでお茶を運んできた小柄なナヲ夫人が、お待たせしてすみません、ゆうべは徹夜だったものですから、と巨匠に代わって鄭重に腰を折り詫びていた。

〝巨匠・松本清張〟は、「或る『小倉日記』伝」で芥川賞受賞後、『点と線』がカッパブックスのミリオンセラーとなるなど、その後も次々に話題作を連発、社会派推理作家として、不動の地位を確立していた。直木賞選考委員も務めていた。「純文学論争」が巻き起ったのも平野謙が発した松本清張、水上勉文学の評価をめぐってのことだった。清張、水上勉は推理小説を読み物から日本文学へ昇華させた新時代の巨星だった。

松本清張
（提供・文藝春秋社）

大家、巨匠と讃えられている清張が、文壇とは距離を置きながら、リア研に肩入れしていることが私にはなんともふしぎだった。原稿料の出ない『現実と文学』に、エッセイ「作家の手帳」（5回）を書き、対談にも応じている。リア研主催の「現代文学講座」には二度、講師を務めている。それだけではない。窪田精に、「若い書き手を集めろ、小説の書き方を話に行くから」とけしかけていた。どうして受けないのですか、もったいない話ですね、と私は逡巡している窪田精の真意を測りかねていた。もしかすると、鼻息の荒い若手たちの側になにかしらの反発、例えば聴く耳をもたないなどの障壁があったのだろうかなどと思ってみたりした。いずれにしても当事者である窪田精事務局長が没してしまっている今となってはその真相はすべて霧の中である。

着流しで応接間に現れた巨匠は、片手にタバコを握っていた。起き抜けのせいか、これまで原稿を書き続けていたからなのか、顔に疲れの色が滲んでいた。私は目の前にいる巨匠をカメラにおさめる絶好のチャンスであるにもかかわらず、その風貌に見とれていた。ソファの中央にどっかりと座ると、ひとりひとりと軽く目であいさつを交わした。

「写真を先に撮っちゃいましょう」

西野辰吉の発声で審査委員六名が正面に肩を寄せ合った。私は、気を取り直して一同にレンズを向けた。アングルを計りながら一歩、一歩後ずさりしているうちに、いつの間にか応接間の外へはみ出してしまった。それでも背中を柱にくっつけながら、五〇㎜の標準レンズでシャッターを切った。

「大丈夫かい、全員入るかい？　西野君が入っていないなんてことになると困るぞ」

清張の右隣に西野辰吉が窮屈そうにして座っていた。金達寿がジョークを飛ばしても誰も笑わなかった。座はほぐれるどころか、むしろ固くなったような気がした。私は無言のままひたすらシャッターを切り続けた。桜上水駅前の写真店に頼んだ現像のあがりが遅く、二日間も待たされて痺れを切らした。

掲載した写真が、その時に撮影した私の記念的な一枚である。

リアリズム文学賞選考委員会。右から西野辰吉、松本清張、金達寿、佐藤静夫、霜多正次、窪田精（1965・7 松本清張宅）

私の目には、巨匠と西野辰吉とは特に文学的な気脈が通じ合っているようにみえた。西野の処女作は「廃帝トキヒト記」であり、清張はよく知られているようにデビュー作は「西郷札」である。お互いに歴史もので文学的出発を果たしている。思春期の読書もプロレタリア文学であり、その影響を受けている点も似通っている。清張は、著書『わが半生記』（河出書房の中で「小説には小説らしいものを求めていた」と書いている。一八、一九歳の頃に自然主義作家のものを読んだと述べているが、歯牙にもかけていない。「『文藝春秋』に徳田秋声の山田順子との恋愛ものが連載されていたが、なんのためにこんなものを書くのか私にはどうしても理解できなかった」とけんもほろろである。老作家と女弟子の色欲などおもしろくもない、という意味である。

私は巨匠より遥か後、四二年の生まれであるが、一八、九の頃にやっぱり秋声を読んでいる。但し、秋声のみならず、女弟子の書いたものまで古本屋を漁って買い込むほどののぼせようだった。知性よりも男女の愛欲に目も心も奪われていたのだ。私の感性は古典的な自然主義文学に染まっていたようである。民主主義文学運動とは縁遠い、時代遅れの文学青年だった。

小原元は、「日本近代文学はやせ馬の行列」だといい、秋声や田山花袋、正宗白鳥などの自然主義文学は、「無目的・無解決の文学です」と手厳しかった。私は一心に文学に近づくためにもがいてはいたが、さしずめ痩せ馬にしがみついて、行方も定めず気の赴くままに、独学の読書遍歴を重ねてきた朴念仁ということになろうか。

2　集英社版「金達寿集　西野辰吉集」

集英社版『新日本文学全集』の「金達寿集　西野辰吉集」の口絵写真の裏に、西野辰吉、金達寿の直筆が収められている。西野辰吉は「小説—それはわたしの日本論なのだ」と書き、金達寿は堂々とした筆の運びで「独立」と揮毫している。西野は、自由民権運動の象徴ともいえる「秩父事件」に材をとった「秩父困民党」が代表作であることは既に書いた。金達寿は、『文化評論』に長篇小説「太白山脈」を連載しながら、『現実と文学』六月号には、二〇〇枚の力作「公僕異聞」を発表していた。二七歳で長篇「後裔の街」を完結させ、「朴達の裁判」で五八年度下半期の芥川賞候補のダントツの本命と騒がれたが、既に作家として一〇年のキャリアがあり、「新人」ではないとみなされて受賞には至らなかった。金達寿といえば題名をつける名人でもあった。長篇、短篇を問わず、スケールが大きく、それでいて覚えやすいのである。先に上げた「後裔の街」もそうだが、「玄海灘」「故国の人」「密航者」「日本の冬」「朴達《パクタリ》の裁判」などどれをとっても長篇・中篇の風格が備わっている。ロシア文学の影響なのであろう。短篇では、「番地のない部落」「矢の津峠」など作品のイメージを彷彿とさせるものが多い。題名をつけるのが巧かったが、『民主文学』の名付け親も金達寿なのである。

富山県八尾「おわら風の盆」の旅。左から小石雅夫、アレン・ネルソン、筆者。
（1999/9/3、撮影者不明）

ある日、「金達寿集　西野辰吉集」の広告版下を貰い受けるために神保町にある集英社まで出かけて行った。

その前に、リア研会員の小石雅夫に電話をかけ、広告部への橋渡しを頼んだ。小石雅夫は、集英社発行のジュニア向け雑誌『りぼん』の編集部にいた。この時は、初対面でもあったのでロビーで名刺交換をしただけで別れたが、その後、群馬県の四万温泉へ一泊旅行するなど友だち付きあいをするようになった。現在、小石雅夫は歌人として二冊の歌集を出し、新日本歌人協会の機関誌『新日本歌人』の編集長として敏腕をふるっているが、当時は、労働組合運動でも重きをなしていた。私は根が偏屈なせいか、心安く肩を組む友人は数少ないが、六、七歳年上の小石雅夫とは、この時から水魚の交わりを続けている。間もなくして半世紀、烏飛兎走《うひとそう》である。

3　梅崎春生『幻化』と作家の死

私から、自然主義文学の古いコートを脱がせてくれた作家は、梅崎春生である。これまた窪田精の著書『文学運動のなかで』からの引用で恐縮であるが、「鶴岡征雄は、中央労働学院文芸科の修了生で、小説を書こうとしていた。梅崎春生の文学に熱中していた、背のひょろ高い文学青年であった」と書かれている。別の機会では、面と向って、

「鶴岡君は、梅崎春生しか作家として認めていないからな」

と揶揄されたりもした。窪田精がそれをいうのは、一度、窪田精の新刊書の書評を私が断っているから、それを皮肉でお返しをされたのだと思う。霜多正次には、「鶴岡君は芸術家肌だ

からな。しかし、梅崎は天才だよ」といわれた。霜多のそれは、梅崎は天才だから、真似をするのはとても無理だよという忠告だったのだと思う。

月とスッポンであることぐらいは百も承知していた。梅崎春生の鋭敏な感性に陶酔していただけなのである。私は、その文学に浸れる喜びに耽っていただけで、それ以上のことを考えていたわけではなかった。

霜多と梅崎春生は、熊本の五高から、東京帝大へと進み、学生時代には、永井潔を含め一〇名で同人誌『寄港地』を出した仲間である。

『新潮』六五年六月号に「幻化」、続編「火」は八月号に出た。それから私の梅崎文学がはじまったのである。小説「櫻島」や随筆集『馬のあくび』など旧作を片っ端から読みだした。

梅崎春生。「幻化」が遺作となった（1915・2・15～1965・7・19、享年50　提供・梅崎惠津）

手に入らないものは霜多正次から借りて読んだ。新鋭創作選書の一冊として講談社から出た梅崎春生短篇集『飢えの季節』（48年刊）がそうだ。『飢えの季節』のあとがきに、著者は、「死ぬまでは歩みつづけなければならぬ」と書いている。梅崎春生は、学生時代から死を強く意識した詩を書いている作家だった。私は大勢で居酒屋に繰り込むと、すぐさま霜多の隣に座を占めた。梅崎春生の話を聞き出すためだった。だがこの時、天才は病院のベッドに横たわっていた。蓼科の山荘で大喀血してもなお酒を手放さなかった。まだ五〇歳にもならぬのに不摂生がたたって重病人になっていたのだ。武蔵野日赤病院に担ぎ込まれ、肝臓癌の疑いで東大病院に転院したりしていた。

『新潮』八月号の書店発売は七月初旬、重病人は、ベッドの上で力をふりしぼってこれを書いた。そういう経緯を知らぬままに「幻化」を読んだのだが、透徹した心象風景とともに作者の息遣いまで感じ取ることが出来た。東京、鹿児島、坊津、吹上浜、熊本、そしてダチュラの花。主人公が辿る旅のコースを頭の中で追っていた。戦争体験者の戦後二〇年、私は未だ見ぬ吹上浜の潮騒を聴いていた。主人公が、阿蘇の火口で投身自殺を図ろうとして外輪を回る。そのあぶなっかしい足取りが目に見えるようだった。

去年の晩秋、婚約者が去り、失意のどん底に落とされた私は、死の誘惑に手招きされていた。私はそこからまだ抜け出せないでいた。

「幻化」のラストは、そんな私を抱きすくめてくれた。

「しっかり歩け。元気出して歩け！」

私の文学熱は一気に梅崎文学へと傾斜していったのである。口を開けば梅崎の話になった。窪田精が、「梅崎春生の文学に熱中していた」というのはそのためである。居並ぶ作家を前にして、その頭越しに梅崎文学をひきあいにだしていたのだから、同業の先生方はおもしろくなかったに違いない。だが、それを失礼とも思わなかったのは若気の至りである。

ある時、金達寿が、「君がそんなに梅崎が好きなら」といって、事務局まで『つむじ風』を持ってきてくれた。梅崎春生の署名入り本である。「金達寿様恵存　梅崎春生」と万年筆で署名してあった。金達寿は懐から万年筆を取り出して、表紙を開いた。そして、梅崎の署名の隣りに、「鶴岡征雄様　金達寿」と書き足した。

「君がこれを古本屋に売ったら、おれが疑われるからな」

その用心のためだというのである。私はむきになって、「決して売ったりしません」と、ふくれっ面をしてみせた。

「わかるものか」

梅崎恵津他著『幻化の人　梅崎春生』挿画・梅崎恵津、題字・鶴岡征雄。（東邦出版　1975）

そう言って大人《たいじん》は呵呵大笑した。

七月一九日夕、霜多正次から電話がかかってきた。

「今しがた、梅崎が死んだそうだ。恵津さんが電話で知らせてくれた」

「幻化」にすっかり魂を抜かれていた直後の訃報に、私の胸は錐を揉み込まれたような痛みが走った。

V

日本民主主義文学同盟の誕生と試練

1　蔵原惟人、手塚英孝、永井潔

リアリズム研究会が日本民主主義文学同盟へと発展的に解消されたのは、六五年八月二六日。新日本文学会にかわる新しい民主主義文学統一組織としてうまれかわった。リア研運営委員会の「会組織の再編についての訴え」（『現実と文学』9月号掲載）は七月二日付、それから二ヵ月足らずで新文学団体の創立大会が神田淡路町の全電通会館講堂で開催されたのだから、正に急ピッチの展開だった。新日本文学会第一一回大会に江口渙、霜多正次、西野辰吉の三氏が連名で「対案」を提出、それを理由に六四年の一〇月一〇日付で除名された。津田孝も同時に除名となった。それから指を折れば、ほぼ一〇ヵ月後のことである。

創立準備段階にあったある日、蔵原惟人が東中野にあるリア研の小さな事務所にやって来た。泰然自若、堂々とした風格を漂わせた紳士だった。カシミヤのコートをスマートに着こなし、ソフト帽もよく似合っていた。治安維持法違反で懲役七年の実刑を受けながら、非転向を貫き、満期で出獄した左翼の闘志とはおよそ思えなかった。私には、左翼人は貧乏でおしゃれとは無縁の人種という先入観があったのかもしれない。ナップ（全日本無産者芸術連盟）の結成に尽力、雑誌『戦旗』に小林多喜二を登場させた日本プロレタリア文学運動の貢献者は、ソビエト映画「戦艦ポチョムキン」を日本で最初に紹介したロシア文学者でもあった。日本共産党中央委員会幹部会員であり、文化分野の重鎮でもあった。窪田精は、「蔵さんは、ダジャレが好きでね」といっていた。窪田精や金達寿だけでなく、周辺の人々はそんな蔵原惟人を〝蔵さん〟と親しみを込めて呼んでいたが、古くからの友人で四歳年下になる手塚英孝は、慣れ慣れし過ぎるとでも思ったのか、〝蔵原さん〟とかしこまった呼び方をしていた。

蔵原惟人夫人は作家の中本たか子である。私がリア研入りしてはじめて書かせてもらった手習い原稿が中本たか子の新刊小説『滑走路』の書評（『読書の友』掲載）だった。

リア研事務所の大家は佐藤静夫だった。新文学団体創立準備会議は棟続きの佐藤静夫宅の応接間で行われていたが、私は会議に出席しなかった。窪田精に出ろ、といわれたが、私が出ていけるような会議とは思えず、結局、準備会議にも佐藤邸にも一度も足を踏み入れることはなかった。

蔵原惟人の顔は知っていた。中野区での共産党文化講演会で蔵原の講演を聴いていたからである。『群像』四月号に蔵原惟人と平野謙の対談「文學者と政治活動」にも顔写真が出ていた。「アカハタ」は勿論、小林多喜二関係の文献でもよく蔵原の写真を見かけていた。

文学同盟になってからのことだが、カンパ活動の一環として内外の作家、詩人、評論家、劇作家、演劇人などから色紙をもらい、それを年末カンパに応じてくれた方にお礼として進呈した時期がある。松本清張、滝沢修、杉村春子、飯沢匡など大勢の著名人から協力を得た。阿部知二、江口渙、北林谷栄、三浦哲郎の場合は自宅まで頂きに行った。江口の自宅は栃木県烏山町にあった。橋本夢道の場合は有楽町のガード下にある居酒屋で受け取り、酒の相手もした。

対談「文學者と政治活動」を掲載した『群像』1965年4月号

蔵原惟人
（提供・新日本出版社）

しかし、蔵原惟人には断られた。その理由を尋ねると、〝悪筆だから〟といわれた。ところが、生原稿を見ると、悪筆というのはご謙遜であった。色紙を書くのが嫌いで悪筆を言い訳にしていたのかもしれない。宮本顕治も色紙は滅多に書かなかったようだ。松本清張は、快く引き受けてくれた。「真実探求」「わが道は行方も知れず霧の中」など数点をまとめて送ってくれた。週刊誌などの連載小説は題字を自ら書いていたくらいだから、清張は、自他ともに認める能筆家だった。

『群像』の蔵原惟人・平野謙対談が収録された日付は二月八日となっていた。蔵原は、党員文学者ら一二名を除名した共産党の幹部会の一員であり、除名された中野重治、佐多稲子とは古くからの友人であった。当然、袂を分かつには、格別の思いがあったはずである。

2　民主主義文学運動の離合集散

同年一月二〇日のリア研同人総会（池袋の酒蔵・清龍）で、「会組織の再編について検討する」という方針が決定していたから、この時期には既に新文学団体誕生に向かって胎動がはじまっていたはずである。『群像』四月号をショルダーバッグに入れて、多摩湖畔の鳥山へスズメ焼きを食べに行ったことを思い出す。金達寿、西野辰吉、霜多正次が一緒だったことは覚えているが、まだ他にも何人かの道連れがいた。私は、野鳥をツマミにすると聞いて尻込みしたが、ワイワイと歓声を上げながら、賑やかなピクニック気分で、冬陽を浴びながら春浅い林道を進んで行った光景が鮮やかに浮かんでくる。民主主義文学運動は離合集散の季節を迎えて、なにやら心が凍りつくような試練の日々が続いていたが、この日は親しくなった作家たちと忘れられない行楽の一日を過ごすことができた。

とにもかくにも『現実と文学』一〇月号が創刊五〇号記念特別号となり終刊号となった。終刊号に「特集・文学の戦後二〇年―その六」として座談会「『人民文学』の問題」が掲載された。出席者は、西野辰吉、金達寿、小原元、窪田精、霜多正次の五氏。もうひとつの特集「リアリズム研究会と私」には、足柄定之ら一四氏が寄稿しているが、篠原茂は次のように書いている。

七年あまり前に会が発足した当時、初期同人の間にあふれていたあの健康な批判精神と方法探求の真摯な努力を失ってはならないと思う。

『現実と文学』最終号
（1965年10月、表紙絵は永井潔、モデルは愛娘の愛）

新文学団体の名称は前述した通り、日本民主主義文学同盟と決まり、議長に江口渙、副議長に村山知義と霜多正次、編集長は佐藤静夫、事務局長に窪田精が選出された。西野辰吉のポストは『民主文学』の副編集長だった。編集部員は『文化評論』編集部から中野健二が引き抜かれて事務局に来た。一一月初旬には、機関誌『民主文学』（文学同盟編集・新日本出版社発行）創刊号が発売された。印刷部数は一万六、〇〇〇部、実売数は一万三、三四二部だった。表紙の図案が決定するまで二転三転した。『現実と文学』の表紙は毎号違った絵描きさんに、画料なしでお願いしていた。終刊号の表紙を飾った画家は永井潔、素描のモデルになっているのは一四歳の一人娘・永井愛だった。それからほぼ半世紀、改めて紹介するまでもなく永井愛は、「ら抜きの殺意」で第一回鶴屋南北戯曲賞、「歌わせたい男たち」で読売演劇大賞を受賞するなど、日本演劇界を代表する劇作家、演出家として活躍中だ。

『民主文学』創刊号の表紙も永井の予定だったが、出来上がってきたのは、油絵による林檎の絵だった。結局、高橋錦吉によるゴシック調のレタリング文字で描かれた横文字の〝民主文学〟を赤い帯に乗せて白抜きしたデザインに決まった。

永井潔の自宅兼アトリエは練馬区早宮にあり、〝練馬大王〟といわれていた梅崎春生宅へよく遊びに出かけていた。

「ぼくは、梅崎のところへ遊びに行くと長居さんになっちゃうんだ」

梅崎恵津夫人が、奥の書斎に向かって永井さんがお見えになりましたよ、と取り次ぐ声が、〝長居さんがお見えになりました〟といっているように聞こえたというのである。

3　東中野から市ヶ谷一口坂へ移転

会の再編を機に後藤彰は事務局を退いたが、私は残った。仮事務局は、東中野のリア研内に設けられたが、一二月一八日に千代田区九段四の一の齋藤ビルへ引っ越した。国電市ヶ谷駅から徒歩五分、九段通りに面したビルの一階で右隣に麹町郵便局があった。こんどはリヤカーを借りるまでもなく、雑誌の発送は台車に乗せて、郵便局の仕分け場へ直接運ぶことができた。市ヶ谷駅近くには、吉行淳之介の母が営むあぐり美容室があり、私学会館に隣接したところには志賀直哉に私淑した網野菊宅があった。中国研究所、法政大学、二松学舎大学などもあり、学生たちが入会申し込みや支部結成の相談にやってきた。桜の季節には、昼休みに靖国神社や千鳥ヶ淵まで散歩に出かけたりした。事務局前が都電の一口坂停留所だったから、それに乗って岩波書店や筑摩書房など神保町界隈の出版社へ広告を貰いに出かけたりした。

日本民主主義文学同盟創立大会（1965/8/26。演壇は霜多正次、議長席に佐藤静夫、後ろに江口渙　提供・「赤旗」写真部）

　当初、新文学団体は、中島健蔵や松本清張も創立メンバーとする幅広い組織にする方向で検討されていたが、結局、意見の一致に至らず、その夢はお流れになったものの、門戸は大きく開かれた組織になった。

「日本民主主義文学同盟は、人民の立場に立って日本文学の民主主義的な発展をめざし、それぞれの文学的、社会的活動によって、民族の独立と平和と民主主義のためにたたかう作家、評論家の団体である。」（規約「総則」）

同盟加入を表明した作家、評論家、劇作家は九三名にのぼった。

あべよしお、飯野博、池上日出夫、石川冬子、伊東信、江口渙、円乗淳一、北村耕、金達寿、蔵原惟人、窪田精、佐藤静夫、霜多正次、手塚英孝、中里喜昭、西野辰吉、半田義之、松田解子、矢作勝美、山田清三郎、間宮茂輔、佐々木一夫、永見恵、山村房次、中村新太郎、角圭子、藤森成吉、西口克己、中本たか子、タカクラ・テル、金親清、鹿地亘、山武比古、山田新市、尹学準、山岸一章、足柄定之、奥野正男、大亀正雄、金子総一、小林茂夫、小曾戸弥一、後藤彰、後藤直、木谷則夫、斎木一家、篠原茂、龍田肇、田村栄、津田孝、永井潔、鄭貴文、平迫省吾、川口浩、藤井冠次、岩倉政治、福本正夫、張斗植、江馬修、鈴木清、貴司山治、桜田常久、小沢清、津上忠、菅井幸雄、宇津木秀甫（以上大会出席者）、小原元、住井すゑ、村山知義、松本正雄、山代巴、赤城毅、安瀬利八郎、稲東二郎、早船ちよ、井野川潔、早乙女勝元、熊王徳平、窪川鶴次郎、松本千恵子、遠藤正、大滝十二郎、小柳時男（宮寺清二）、前川史郎、塩谷郁夫、豊田正子、堀田清美、相沢嘉久治、神谷量平、八田元夫、諸井条次、小林ひろし、道家忠道。

4　福本正夫著『悲濤』と被差別部落問題

創立大会の出席者の中に奈良県五条市在住の福本正夫がいた。福本とは初対面だったが、五月初旬、自費出版した『悲濤』が事務局宛に送られてきた。福本は、共産党五条市議会議員だったが、小説を書き、部落解放同盟の活動にも熱心に取り組んでいた。彼には、まり子という一九歳の娘がいた。性格は人見知りの激しい内向的な娘だったらしい。生母が、かつて父の同志だったKという男と失踪した。彼女は母を信じていただけに大きな打撃を受けた。さらに彼女自身の失恋が重なった。まり子は山中で服毒自殺、二年後に白骨体となっているのを昆虫採集に来た少年たちに発見された。『悲濤』は、まり子を愛する父福本正夫が万感の思いを籠めて編んだ遺稿集だった。無論、福本正夫の感慨《かんがい》悲慟《ひどう》も綴られていた。その悲痛、悲嘆ぶりに心を揺り動かされた。私は、自己紹介をして

「日韓条約批准阻止」全国統一行動（1965・10・12、右から伊東信、津田孝、後藤彰、あべよしお、霜多正次、西野辰吉、松田解子、中本たか子、角圭子、筆者。文学同盟初のデモ　撮影者不明）

『悲濤』のお礼とお悔みを伝えた。私は〝差別〟されている人間の慟哭をこの一冊ではじめて知った。

芥川賞作家の半田義之、桜田常久も出席した。タカクラ・テルは前進座映画「箱根風雲録」の原作「箱根用水」の作者として知っていた。京都から来た西口克己の代表作「廓」は三一書房版で読んでいた。

私は受付でいちいち名前を尋ね、資料を手渡していたが、聞き覚えのある作家に出会うと暫くの間、目を逸らせなくなった。プロレタリア文学運動時代に活躍した作家も次々にやってきた。江口渙、手塚英孝、松田解子、山田清三郎、間宮茂輔、佐々木一夫、藤森成吉、金親清、鹿地亘、小曾戸弥一、江馬修、鈴木清といった人々である。蔵原惟人の顔もあった。

六六年五月三、四日にかけて全国支部代表者会議が私学会館で開かれた。この時、はじめてタイプ印刷で「日本民主主義文学同盟・同盟員名簿」を作成した。付録に全国支部所在地一覧と規約を載せた。創立大会時、九三名だった同盟員が四月三〇日現在一五三名になっていた。名簿は、氏名、住所、専門、主なる作品・著作の欄を設けたが、電話は記載されていない。まだ全員が電話を持っていたわけではなかったからだ。縦書きにして、頁毎に子持ち罫で囲んだレイアウトにしたのだが、窪田精事務局長から、〝随分古めかしい名簿だなあ〟といわれ、評判は芳しくなかった。印刷物はクラシック好きの木沢孔版に頼んでいたが、校正ミスが目立ち散々な名簿第一号となった。
新しい加入者に大垣肇、大沢幹夫、来栖良夫、作間雄二、沢田章子、佐藤光良、嶋津与志、高橋勝之、田中正雄、津川武一、戸石泰一、土井大助、土佐文雄、舟木重信、三国洋子、除村吉太郎、渡辺順三といった人たち六〇名、だがここにも塙作楽の名前がなかった。『リアリズム短篇小説選』に「遺品」が収められているが、解説を書いた金達寿が〝傑作〟と評した作品である。

塙は、岩波書店労働組合の初代委員長で『世界』創刊に関わった編集者だが、岩波新書、岩波講座『文学』『教育』『文学の創造と鑑賞』なども手掛け、六一年に岩波書店を退いている。その後は郷里・水戸に帰り、茨城県史の編纂室長になっていた。リア研同人がこぞって文学同盟に横滑りしたわけではないが、私は塙作楽がなぜ加入しないのか腑におちなかった。金達寿に「どうして塙さんは入らないのですか」と尋ねると、「いろいろあるんだよ」といって、それ以上のことは語ってくれなかった。

5　新人の登龍門「民主文学・推薦作」

六六年四月号から新人の登竜門「推薦作」が設けられ、次々と作家が誕生した。そのトップを切ったのは、嶋津与志の「傷跡」である。当時、嶋は東京で高校教師をしていたが、出身地は沖縄、それでペンネームを嶋津与志（沖縄島は強し）としたのだ。

五月号には、佐藤光良の「怜子さんのこと」が「推薦作」になった。これが佐藤光良のデビュー作である。四一年、福島県平市生まれ。二五歳。二〇歳の時、共産党第八回大会では最年少の代議員として発言、『前衛』のグラビアに壇上姿が掲載されたりもした。光陽印刷の植字工だったが、その後、『文化評論』『読書の友』（71年3月1日付、413号で終刊）編集部などで仕事をした。『読書の友』編集部にいたころに、尾崎一雄、阿部知二などのインタビュー記事を書いている。七四年に「父のこけし」、七五年に「父を継ぐ子」を発表、寡作だが、「短篇の名手」と讃えられた。それというのも、少年期から、『たった二人の工場から』などの著書がある作家の真尾《ましお》悦子《えつこ》に薫陶を受けていたからである。霜多正次、手塚英孝からも大きな期待を寄せられていた。小説「父を継ぐ子」（「初挽き」と改題）で福島県文学賞を受賞した。光良は、文学の道に進むべくして生まれてきた男だったのである。

父・佐藤誠は、家族と離れ、ひとり花巻、高崎、平泉と工房を移している。型が激変するのは、こけしだけのことではない。生き方もまた激しく変転している。なぜ家族と一緒に暮らさなかったのか。謎は謎を呼ぶ。南部系の梅吉こけしは木地のままで彩描はしない。弥次郎系では、どの工人よりも際立ってやさしい目鼻立ちを描く誠だが、なぜ、素地の南部系に変貌したのか。

光良は三人兄妹だが、父親のいない家庭を母親が女手一つで育て上げた。弟の誠孝は外国船の船員で、給料は母親の旅館業独立資金のために仕送りをつづけていた。その弟が、船をおりて、旅館の片隅に小屋を建て、こけしを挽きだしたのだ。光良は、父亡き後、弟・誠孝にその技を継がせるために、こけし界の御意見番・土橋慶三に渡りを付けて、最大限の援助をした。兄は小説で名工の生涯を描き、弟はその技を継いだことから、新聞などが美談調で書きたてた。

土橋慶三の『こけしガイド』に、佐藤誠は次のように紹介されている。

佐藤誠　福島県伊達郡五十沢村佐藤金七の次男。九歳で小倉（嘉三郎）家へ小僧に入る。徴兵検査まで修行。

佐藤光良
（1978年秋　撮影・田邊順一）

軍隊三年を経て、昭和二年二月、平市で独立開業。昭和二十年、戦災で工場閉鎖。その後数奇の運命を経て昭和三四年一〇月より花巻市へ転居、こけしを挽いている。最近、弥次郎こけしの外に、鉛の故藤井梅吉型を継承して復活製作している。最近は木地、描彩とも最近の作は油がのって、腕の冴えを見せている。

誠は七〇年一二月七日、平泉で死去した。享年六九歳。私のところに佐藤誠の弥次郎こけし、梅吉型など三〇本ほどがある。誠孝の挽いた弥次郎こけしは更に多い。誠孝が初挽きをしたころ、光良が、新刊『父のこけし』（78年、七月堂刊）とともに、誠孝の挽いた尺の弥次郎こけしを抱いて、わが家を訪ねてきたことがある。福島県下の書店に貼るポスターをデザインしてくれというのだ。金は払えないが、そのかわりこけしを進呈するといって差し出した。それから私の誠、誠孝父子のコレクションがはじまった。

佐藤光良『父のこけし』（七月堂、1978）

光良に異変が起きたのは、八四年一月、自ら文学同盟員から準同盟員に退き、いつの間にか姿を消してしまったのである。

一二年後、あるパーティーで一緒になった永井潔と縄のれんに寄り道をした。そのとき、どちらからともなく、佐藤光良の小説はいいね、ということで意見が一致した。それが虫の知らせだったのか、二、三日して、私宛に幸子夫人から、光良の小説原稿「一九六一年」六〇枚と同盟員申込書（再加入）が送られてきた。推薦人二名は本人の希望で私と澤田章子が署

手塚英孝が少年時代に海水浴をした故郷山口県光市の名勝・虹ヶ浜の松並木（右）と白砂の美しい海岸（左／撮影・佐藤幸子）

名した。

東葛病院西棟五五六号室を訪れたのは五月三日の午後だった。

『民主文学』八三年四月号に端を発した、「四月号問題」といわれている騒動があった。このとき、霜多正次、中里喜昭といった作家が文学同盟から去った。〝第二次脱退事件〟である。中国共産党と日本共産党間の国際関係が『民主文学』の編集にも影を落としていた、としか私にはいいようがないのだが、作家は文学だけをやっていればいいというわけにはいかないのが、民主主義文学運動である。この話はこれくらいにしておく。ともかく、光良が文学同盟を離れたのはこの騒動と無関係ではないということだ。この時以来、私と光良は疎遠になった。

「それにしてもこの一二年間、いったいあんたは何をしていたんだ」

怒りをぶつけるつもりでいたが、病み果てて見る影を失くしていた友を見て息を呑んだ。病名は、急速進行性糸球体腎炎、会話すらできない体になっていた。光良は、私たちの顔を見るなり、サインペンで「ありがとう」と原稿用紙に大きく書いた。

「光良に残された時間はない」と、東葛病院の婦長・幸子夫人から耳打ちされた。その間、光良は、のろのろとした手つきで原稿用紙を使って話しかけてきた。光良の咽喉にはパイプが埋め込められていて、声が出ない。それで筆談になった。

「宮本百合子も長篇にはいくども中断したり、再起をはかって仕上げたんだよね。『父のこけし』のまとめはずうっと先、病気を治してから書きたい。この年になって、文学ってものが少しわかりかけてきたので、もう一度、仲間にかえしてもらいたいと思った」

小説を書くことは、医師に止められていたが、深夜、隠れるようにして原稿を書きつづけていたという。小説「一九六一年」は、ベッドの上で書き上げたものだった。見舞ったその三日後、五月六日、佐藤光良は帰らぬ人となった。五五歳だった。

再加入申込書は常任幹事会で承認され、小説「一九六一年」は、『民主文学』九六年七月号に発表された。

翌年、私が幸子夫人に委嘱されて短篇集『佐藤光良の小説』（97年・壺中庵書房刊）を編んだ。臨終の枕頭には、擦り切れ、赤茶けた座右の書、手塚英孝著『小林多喜二』があった。死因は急性気管支肺炎。手塚英孝の故郷、山口県虹ケ浜に手塚の文学碑が建立され、それを見に行きたいと言っていた故人に代わって幸子夫人が虹ケ浜を訪れ、夫の旅立ちの報告をした。

しかし、加入してすぐにやめた人もいる。「綴方教室」の豊田正子、「山の民」の江馬修、「礫茂左衛門」の藤森成吉。江馬、藤森の両氏は七一年度の「同盟員名簿」に名前が載っているが、豊田の場合は六六年版の名簿にすら名前がない。理由は確かではないが、『現実と文学』終刊号に載った座談会「『人民文学』の問題」が考えられる。霜多正次ら出席者五人が、新文学団体結成を前に、これだけはやっておかなければならないと意気込んで取り組んだ座談会だった。いわゆる共産党の「五〇年問題」といわれている文学版が『人民文学』問題であり、座談会はいうなれば「『人民文学』批判」だった。端的な例をあげれば（私が最も衝撃を受けた資料のひとつなのだが）、『人民文学』が発行したニュースに、〝「宮本百合子祭」を大衆的にボイコットせよ〟という過激な記事があった。政治的には克服されているといわれた問題も、作家の個々にわけ入ってみれば、克服しきれないものがあったように思う。

リア研は総じて「人民文学」批判派であり、文学同盟の主要ポストは、議長の江口渙、副議長の村山知義以外はリア研のメンバーで占められていたから、当然、居心地のよくない人々がいたとしてもふしぎではない。だが、徳永直に私淑、『人民文学』に小説を発表していた小沢清は、文学同盟の主要な書き手として『民主文学』や『文化評論』、『世界』などにも作品を書き、気を吐いていた。

6　山代巴宅訪問の顚末

「荷車の歌」の山代巴は、第二回大会、第三回大会でも選挙による幹事に選出されていたが、同盟費は長期滞納になっていた。督促の連絡はしていたが返事はなかった。創立直後は売れ行き好調だった機関誌も次第に漸減傾向を辿っていたため、財政が切迫、読者拡大・滞納一掃のキャンペーンに力を入れた。長期滞納者には、直接電話をかけるなどしたが、山代巴の場合は訪問して納入をお願いすることになった。その使いの役目が私に廻ってきた。

私は桜上水の小さな部屋から、その後、京王井の頭線富士見ヶ丘駅、そして中央線の国分寺のアパートへと住居を変えていた。山代巴の住む多摩平団地は中央線沿線にあった。夏のカンカン照りの日だった。階段を三階まで汗だくになって上り、チャイムを押すと山代巴がチェーンのかかったドアを半開きにして顔を覗かせた。来意を告げると、作家の顔が俄かに色めきたった。

「わたしは入った覚えはありません」

鋼鉄ドアの閉まる音がコンクリートの壁に反響していた。思いもよらぬ作家の言葉に私は狼狽《うろた》えた。加入者綴りに山代巴の申込書があったが、あれは本人が書いたものではなかったのか。誰かが代筆して提出したのだろうか。本人の知らないところで同盟員にされ、役員にまでされていたとしたなら、怒って当然である。とはいうものの私は声もなくその場に立ち竦んでいた。やがて炎天下をすごすごと引き上げながら、窪田精事務局長の顔を思い浮かべていた。山代巴と窪田精の接点があってのことではなく、同じ作家の看板をつけていても、かくも人間は違うものかと思ったからである。そしてつくづくと窪田精事務局長は実に偉い人だなあと思ったのである。

というのも、作家は誰しも書斎に籠もって原稿に専念していたいはずである。ましてや組織を維持し、拡大し、新人作家を発掘、育成する気骨の折れる仕事を窪田以外、一体、誰がやるというのだろう。窪田は新日本文学会の草創期には東京支部の書記局の仕事をしたり文学オルグ活動に取り組んだりしてきた。霜多正次も佐藤静夫も『新日本文学』編集部で仕事をした時期がある。窪田は、「佐藤君はね、いつもポケットにハガキを入れていて、地方から手紙が来るとそれですぐに返事を書いていた」と言った。私にそうしろと言ったわけではないが、お手本にすべきことだと思った。それにつけても、リア研で八年、そしてまた文学同盟になってからも苦労の多い事務局長の仕事を続けている窪田精の根気強さは、常任幹事の中で際立っていた。

「わたしは入った覚えはありません」

その一言で文学運動と一線を画する作家もいれば、窪田のように苦労を惜しまぬ作家もいたのである。

六九年三月、第三回大会直前になって、窪田精を号泣させる事件が起こった。苦労をともにしてきた西野辰吉が文学同盟を脱退すると言いだしたからである。窪田は、わけがわからないといっていたが、私には思い当たる節があった。

Ⅵ　しっかり歩け。元気出して歩け！

1 「多喜二・百合子賞」創設

六九年二月二〇日、日本共産党中央委員会が創設した「多喜二・百合子賞」の第一回受賞者が発表された。受賞者は松田解子と伊東信の二氏。松田は六四歳、前年三月、一、二〇〇枚の大作である『おりん口伝』（新日本出版社）で第八回田村俊子賞を受賞、二重の喜びとなった。伊東は四一歳、山形県酒田市生まれ。戦争中、海軍の予科練に入隊、戦後は、船員、新聞記者、雑誌編集者などを経て作家生活に入った。受賞作『地獄鉤』（東邦出版社刊）は増刷が続き、二万部を超えたのではなかったか。

松田解子
（撮影・塩谷満枝）

同日夜、市ヶ谷の私学会館で「多喜二・百合子を偲ぶ夕べ」が開かれた。多喜二没後三六年、百合子没後一八年を記念しての催しで、主催は日本民主主義文学同盟と多喜二・

百合子研究会。多喜二、百合子の遺族や共産党中央委員会幹部会員で文化部長の蔵原惟人、文学同盟議長・江口渙をはじめゆかりの人々、約六〇名が出席した。司会は土井大助、窪田精が主催者挨拶を行った。蔵原は文学賞設置の意味、選考経過などを語り、江口渙は、多喜二の評論について語った。江口は多喜二を引き合いに出して、文学運動には「相互批判」が大事だ、と熱弁をふるった。偲ぶ会は時間が経つにつれて受賞者の松田解子、伊東信を囲む祝賀会ムードへと変わっていった。

『民主文学』六九年四月号に松田解子・伊東信対談が掲載されるなど、民主主義文学運動は新旧ふたりの作家によってうみだされた名作によって、大いに活気づいた。だが好事魔多し、すぐ傍に嵐が近づいていた。

「地獄鉤」は、「マグロを追って魔の南氷洋に追いつめられた地獄船―漁業独占と零細漁民労働者と親方衆―海に生きる男たちをめぐって社会の縮図をえぐる現代リアリズムの新たな達成!」(東邦出版社版のオビから)と喧伝された。「蟹工船」や「海に生くる人々」を引き合いに出して評価する人もいた。「地獄鉤」は連載中から読者の関心は高かった。『民主文学』に六八年一月号から一二月号まで全一二回にわたって連載された長篇小説だが、いよいよ大詰めとなった一〇月末、私は月末恒例の支払いをするため、飯田橋の新日本出版社に出向いた。当時、文学同盟は『民主文学』の編集のみで、雑誌は出版元の新日本出版社から買い取って同盟員、準同盟員、定期購読者に郵送していたのである。編集部員の給料や編集経費を差し引いた残額を現金で支払っていたのであるが、新日本出版社の松宮龍起社長の顔はこのところ渋くなる一方だった。雑誌の売上部数が下降の一途を辿っていたからである。

「伊東信さんの『地獄鉤』の評判がいいですよ」

対談
作家のしごと
——第一回多喜二・百合子賞受賞の日に——
松田解子
伊東信

松田解子と伊東信の対談「作家のしごと」
（『民主文学』1969年4月号）

私は、出版社が新顔の出版に慎重なことはわかっていたが、これは大当たりすると思い水を向けたのだが、社長の反応は冷たかった。虫の居所でも悪かったのか、「そんなに評判がいいならもっと雑誌が売れるはずだろう」とやりかえされた。一〇年に一遍出るかどうかという力作に対して随分失礼なことを言うものだと思った。社長なのだから、評判がいいなら僕も読んで見るかな、ぐらいなことをいってくれてもよさそうなものだと口惜しく思った。いつだったか、誰かが彼は真の出版人じゃないからな、といっていたが、社長は社長である。木で鼻を括ったような返事にいささかがっかりした。紳士然とした社長の端正な顔から目を

ベトナム代表団のハ・スオン・チュン団長（東京・麹町、文学同盟事務所）

逸らし、挨拶もそこそこに社屋を後にした。

事務所に戻ると即刻、編集部員に社長とのやりとりをぶちまけた。

事務所は六六年一二月一九日に一口坂から千代田区麹町五の三、麹町マンション三階の一〇坪ほどのところに移転していた。国鉄四ツ谷駅麹町口改札口を出て、半蔵門に向かって五分ほどの所で屋上に不二サッシの看板が立っていた。駅前に聖イグナチオ教会、上智大学、主婦会館などがあり、紀尾井町の文芸春秋社へ向かうらしい井上ひさしとすれ違ったりもした。バスルームは物置となり、ワンルームは、編集室となり、事務室となり、文学ゼミナールの教室へと早変わりした。ゼミ生がぼつぼつ集まりだしてくる頃になると、テーブルいっぱいに広げて仕事をしていた原稿や郵便物をあわてて整理して夜の講座に備えた。

常任幹事会の会場ともなった。ある時、開会時間どんぴしゃりに蔵原惟人が姿を現した。窪田精が腕時計を見ながら、声を掛けた。

「蔵原さん、時間通りですね」

「ぼくは定刻（帝国）主義者だからね」

と、いって癖になっているらしいちょっと首を左に傾けて屈託なく笑った。ダジャレ好きなマルクス主義者の顔を見ることが出来たのもこのマンションだった。

六八年五月二三日、ベトナム民主共和国代表団の作家ハ・スオン・チュン団長を招いて懇談したのもここだった。団長の写真は私が撮った。カメラにもすっかり慣れていたが、手振れやらなにやらで残しておきたいような写真は思うようには撮れなかったものの、チュン団長のアップはまあまあだと自画自賛して大切に保存してある。

「地獄鉤」に話を戻そう。

雑誌の赤字を取り戻す絶好の機会だと思い新日本出版社に打診してみたのだがあえなく袖にされた。それならと思い、その頃、既に親しくなっていた東邦出版社の藤山真人社長、編集担当の加藤海二に「地獄鉤」の出版を持ちかけたところ、二つ返事で伊東信と出版交渉に臨んでくれた。伊東にどこからか出版の話が来ているかどうか確かめたところ、「話はない」ということだった。私が口出しするまでもなく、伊東の「燃える海」は東邦出版社から出ていたから、遅かれ早かれ出版されたに相違ないが、掲載誌の出版元を出し抜

伊東信『地獄鉤』
（東邦出版、1969）

いて他社が横取りするのはルール違反だと手を拱《こまね》いていたのだ。私の情報が、「地獄鉤」刊行促進に役立ったのは確かだった。東邦出版社は金的を射止めたのだ。

2　西野辰吉、伊東信ら9氏の脱退劇

誰もが喜びに沸いていた時、冷水を浴びせかけるとんでもない嵐が巻き起こった。日本民主主義文学同盟第三回大会（69年3月21日〜23日）を前にして、〝差別用語筆禍事件〟が発覚したのである。

『民主文学』四月号に掲載された「サークル誌評」の中で、未解放部落の問題について不当な用語が使われていたからである。同盟員や部落解放同盟中央本部から電話による指摘を受けるまで全く気づかなかったのだから、迂闊でしたではすまされない重大な問題となった。「差別の根絶をめざす民主主義文学運動」の機関誌上でのことだけに責任の重さは計り知れなかった。全国に衝撃が走ったことはいうまでもない。同号は既に配本された後だったため、出版元に申し入れを行い取次店、書店から回収された。『民主文学』編集委員会及び執筆者・山武比古のお詫び文は翌五月号に掲載された。「わたしたちの差別とたたかう姿勢のなかにきびしさの欠けるところがあった」と編集委員会は猛省を表明したが、ことはそれで終わら

なかった。

事態は思わぬ方向へ進んで行った。その責任の処遇をめぐって意見の対立が起きていたからである。常任幹事会決定に異を唱えた一方の旗頭が西野辰吉だった。

西野は六七年三月の第二回大会で『民主文学』編集委員会責任者（編集長）に選ばれたが、一年後の三月、減誌による赤字累積が出版社の不興を買い、編集体制強化の論議の過程で西野は自ら編集長辞任を申し出ていた。新体制の陣容は、『民主文学』六八年八月号の「同盟通信」に発表されているが、西野をリア研時代から信奉している常任幹事の伊東信や円乗淳一らは反発を強めていた。辞任したのではなく、辞任させられたと受け止めていたようだった。

編集長辞任を表明した常任幹事会の帰りがけ、私は国分寺で西野にちょっと寄って行こうか、と誘われて駅前の居酒屋に立ち寄っていた。それ以前にもちょくちょく国分寺で西野とふたりして居酒屋で寄り道をしていた。八月の原爆特集の腹案として大田洋子の「人間襤褸」を再録するつもりだと聞かされたのも国分寺の居酒屋でのことだった。活気横溢、西野には辞任の気配など微塵もなかった。ところが出版元の申し入れによって状況が一変した。その夜、（3月21日のこと）西野が漏らした一言を私は忘れられないでいる。編集長失格といわれたに等しい編集体制改善策は、誇り高い西野にとってこれ以上の屈辱はなかった。

グラスに注いだ酒を握ったまま、

「く、や、し、い」

と、西野は言った。まさに切歯扼腕だった。私は、西野辰吉が脱退に到る心境の源泉はこの一言に尽きると思っている。西野は後々になって六〇年代以降の人生を振り返って「腸が捻転したように変っている」と書いているが、そのきっかけとなったのはこの時の「く、や、し、い」だったのだと私は睨んでいた。だが、私は窪田精にさえ、このことを告げず、ひとり胸の中に収めていた。

編集体制の補強策として、中国から帰国後、アカハタ編集局文化部記者となっていた土井大助が編集担当として事務局入りした。西野は、私にさえ燃え上がるような苦衷に歪む顔を見せたくらいだから、親しい伊東や円乗に胸の内を打ち明かさないはずはない。

新編集委員となった土井大助は東大法学部卒の詩人で労働組合運動畑での経験もあった。『十年たったら』（飯塚書店）が詩集としては破格の売れ行きを示していた。その土井大助を有給常駐させたのだから、赤字を減らせという出版元の要請とは明らかに矛盾していた。一般論とすれば赤字なら人員整理になるべきところを逆に増員したのだから、伊東らは、西野編集長をはずすために画策した計略とでも勘繰っていたのかもしれない。西野編集責任者は無給だった。

西野が「く、や、し、い」といったその三日後に、私の長女が東京・立川相互病院で生まれている。入院料は二万七千八百十五円だった。おれが名付け親になってやるといっていた金達寿から「明日香」という名前を授かったのだが、私は桃子という名前に決めていたので、すみません、といって頭を下げた。

母子が退院するとすぐ、西野辰吉が清陽荘まで誕生祝いだといって熨斗袋をわざわざ届けに来てくれた。妻の孝子の母親が広島から上京して世話をやいてくれていた。義母に遠慮したのか、西野は玄関先でじゃといって帰ってしまった。熨斗袋には五千円が包まれていた。当時、同盟費は一ヵ月五百円（現在は二千六百円）、一〇ヵ月分に相当する〝大金〟だった。西野の妻が病院で洗濯婦をして家計を支えていることを窪田から聞かされていたから、私は申し訳ないという思いから熨斗袋を手にしたまま茫然と立ち尽くしていた。

西野は一九一六（大正5）年生まれの五二歳、出奔している私の父親は大正四年の生まれだったから、父親に代わって娘の誕生を祝ってくれたようでありがたかった。病院の支払いは全額、義母の小田松枝が出してくれた。義母は広島の被爆者だった。義父と義兄は爆心地で即死、孝子は、生後四ヵ月足らずで被爆していた。

薄給でピーピーしていた私に代わって、金のかかることはすべて義母が補ってくれていた。

土井大助

3　あげ潮と逆流の狭間で

混乱はエスカレートしていった。大会も荒れ模様になった。

「サークル誌評」問題で厳しく常駐編集部員を批判していた西野辰吉など常任幹事の数名が討論に入る直前に大会会場から姿を消してしまった。

私は虫の知らせとでもいうのか、大会前に北区でレストランを経営している円乗淳一から八ミリ映写機を借りていた。大会が荒れると睨んでいたからだ。問題は大会二日目、三月二二日に起こった。議事進行中に西野や伊東らが席を立ち、列をつくって途中退場して行ったのだ。徒党を組んでの行動だとすぐにわかった。私は八ミリ映写機のスイッチを入れてフィルムを回しはじめた。ズームで西野の姿を追った。

西野と行動を共にしていた人たちは翌大会最終日も欠席した。

私は困惑した。企画事業の実務を担当していたからである。四月八日からはじまる「文芸大学講座」（全8回、16講座、定員二〇〇名）には、講師として西野辰吉、伊東信、小原元、篠原茂が入っていた。また二〇日には、日帰りのバスツアー企画・第一回「文学のふるさとを訪ねて」が迫っていた。西野辰吉が同行しての「秩父困民党」の舞台、正丸峠や「困民党」

総理として無血蜂起を指揮して捕まり絞首刑になった田代栄助の墓参、長瀞や吉見百穴見学などがコースに組まれていた。西野の執筆に協力した中沢市朗に現地案内を依頼していたが、東京演劇アンサンブル秋の公演に「秩父困民党」が決定、脚本の村山知義、演出の広渡常敏、俳優の入江洋佑、志賀沢子らが現地調査を兼ねて参加、一般の参加者を含めると六〇名からなる団体になっていた。いまさら中止するわけにはいかなかった。

添乗員役の私は終始憂鬱にしていたが、劇団員らが車中を盛り上げてくれて充実した文学旅行となった。

「秩父困民党」の旅から帰ったその翌日、常任幹事会が開かれ「全貌社にたいする抗議」文を、全貌社に送ることを決めた。

全貌社というところから出た『人物戦後左翼文学運動史』(思想運動研究所編)の中で『民主文学』の編集実務者の増員、編集機構の補強改善問題を「西野編集長罷免事件」とセンセーショナルに書きたてていたからである。「日共中央書記局が」「西野編集長を呼びつけ」「つめ腹を切らせて編集長を辞任させせ」、かわりに「土井大助という党員を〝出向〟という形で民文同に送りこみ、新編集長に就任させせた」「この代々木の処置を、大衆団体の自主性に対する干渉であるとして」「一部会員が東京池袋の某所に集合し、西野編集長罷免反対の〝訴え〟を全国の主要同盟員に送った」というものである。事実と虚偽を切り張りして脱退劇の結末にもっていく記述を脚色だと見破ることができる人は幾らもいなかっただろう。事務局では、全貌社と通じている人物《スパイ》がいるのではないか、と囁かれ、疑心暗鬼が広がった。私は、秩父へ行く前に、『人物戦後左翼文学運動史』を読んでいた。憂鬱だったのはそのためである。西野が反共出版社のデッチ上げ記事を否定してくれたならともかく、「つめ腹」を切らされたと思っている節があった。「く、や、し、い」といったあのときのことを私は思い出していた。

これに対し、常任幹事会は、虚偽にもとづく、悪質な政治的意図によるものだとして四月二一日、「全貌社に対する抗議」文を同社に送り、全文を『民主文学』七月号に掲載した。これを読んだ西野辰吉から常任幹事会宛の手紙（7月10日付）で「あなたがたがこういう問題を公開したのだから、わたしもこれから公開の場で問題をあきらかにしていきましょう」といい、「脱会します」と伝えてきた。西野は、『朝日ジャーナル』に『「政治と文学」の病状と病理』を発表、それらを収録した『戦後文学覚え書　党をめぐる文学運動と反省』（71年8月、三一書房刊）を出版、文学同盟とは修復不可能な決定的な亀裂をつくった。こうした顚末は、窪田精の『文学運動のなかで　戦後民主主義文学運動私記』（光和堂刊）に詳しい。

五月からはじまる第四期文学ゼミナール「日本プロレタリア文学」では小原元の四講座が組まれていた。小原は大会には出てこなかった。小原ゼミのテーマは、金子洋文「地獄」、葉山嘉樹「セメントの中の手紙」、谷口善太郎「綿」、そして「概括・日本のプロレタリア文学」となっていた。断られたりしたら困るのだ。替わりといってもピンチヒッターはいなかった。私は、埼玉県久喜市に住む小原元に電話をかけ、講座の確認をした。

「そちらとは敵対関係にはなりたくないからな」

私は、最初に出会った作家や評論家が文学運動から次々に去っていくやりきれない淋しさを感じていた。結局、五月雨式に西野辰吉、小原元、伊東信、篠原茂、円乗淳一など九名が脱会した。

4 「冬の宿」の作家・阿部知二のことば

八月三一日付で「現代文学研究会結成のことば」と月刊雑誌『現代と文学』創刊準備号が全国の同盟員などに送りつけられていた。一一月には「講座・現代と文学」を開くという。そこには一三名が名前を連ねていた。伊東信、円乗淳一、小原元、金達寿、篠原茂、竜田肇、西野辰吉、塙作楽の名前もあった。

私は、後ろ足で砂をかけられたような気がした。

窪田精が、号泣したいような気持ちだった、というのも当然だと思った。

秋、東京演劇アンサンブル第41回公演、日本民主主義文学同盟後援「秩父困民党」(プロローグと二幕五場）が大手町・日経ホール（10月16日～25日）で上演された。「地獄鉤」は東京芸術座第25回公演、東京労演11月例会として有楽町・読売ホール（11月20日～27日）で行なわれた。原作・伊東信、演出・村山知義、脚色・大垣肇。「地獄鉤」は、東京労演賞に輝く東京芸術座の勇壮な海の男のドラマ「蟹工船」「死んだ海」「地獄鉤」と喧伝された。

東京芸術座を率いる劇作家、演出家、作家、美術家の村山知義は、文学同盟副議長でもあった。村山が、アカハタ日曜版に連載した「忍びの者」は、山本薩夫監督が大映で映画化した。村山知義自身は、『民主文学』(69年5五月号）にその創作体験を書いている。原作は各社で文庫本になっていたが、岩波現代文庫「忍びの者」(全5巻）の「真田忍者群」の解説は新藤兼人が書いている。

「村山知義のきらびやかな才能を、なぜ、築地小劇場は拒否したのか、人生はつねに、なぜか、である。人間集団には、つねに、なぜか、がつきまとう。百地三太夫が処女妻を抱かないのは、なぜか、である」「分裂、離合集散は自分中心だからおこる。左翼演劇思想と創造的演劇思想の対立はつねにある。つまり気の合わない仲間と芝居なんかやっちゃいられない」「裏切り、陰謀がある、いま談笑した相手が向こうを向いて舌を出す。それは自分中心主義だからだ」「それでも村山知義は自分の旗を下さないで突き進む。なぜか。人間が好きだからだ。醜い人間こそ好きなのだ」。

気の合わない仲間と文学なんかやっちゃいられない、談笑していた相手が向こうを向いて舌を出す—私は九名の脱会者の顔を思い浮かべながら、人間にはつねになぜかがつきまとう、という新藤の言葉を反芻していた。

六九年の年末、恒例の色紙集めで世田谷区梅丘の阿部知二邸を訪れた。陽の当たる応接間に招かれて、紅茶のもてなしを受けた。阿部は、すでに西野辰吉らが脱会したことを知っていた。阿部は、新日本文学会第一一回大会の後、江口渙、霜多正次、西野辰吉、津田孝を除名処分したとき、議長の座にあった作家である。

「組織はつねに離合集散の運命にあるから、状況に振り回されずに気を落とさずにしっかり自分を保つことです」

私は、阿部の言葉に力づけられて、深く頷いていた。

夕ぐれの水音こもらふ谷ふかくさゆらぎやまぬ
白梅の花　　阿部知二

村山知義
『村山知義の美術と仕事』
（未来社、1985より）
撮影・蔵原輝人

私は、阿部邸を出ると、今しがた拝受したばかりの作家の色紙を抱えて小田急線の駅へ向かった。

私は結局、「秩父困民党」も「地獄鉤」の舞台も観に行かなかった。会場で脱退者と顔を合わせたくなかったからである。西野も伊東も作品が舞台化されるのははじめてのはずである。とりわけ西野には大きな恩もあり、楽屋なりにお祝いの花束を届けなくてはならない義理があったのだが、恩知らずといわれても、どうしてもその気になれなかった。

七〇年元旦に届いた西野辰吉からの年賀状には、春日部に引っ越す前に一度、遊びにいらっしゃい、と添え書きがしてあった。

出会いと別れは表裏一体であることを思い知った。

「しっかり歩け。元気出して歩け！」（梅崎春生「幻化」）

私は、桃子を肩車しながら、正月の武蔵野の青空に高く舞い上がっている奴凧を涙目で見上げていた。

Ⅶ 民主主義文学運動に期待の新人

1　去りゆく人と新たな出会いと

六九年の秋、私は二七歳、一歳になる一女の父となっていた。

この年の最大の衝撃はなんといっても文学同盟を脱退していった作家・評論家たち――西野辰吉、小原元、金達寿ら一二名による新雑誌『現代と文学』の創刊だった。私の大恩人である西野辰吉は、故郷・北海道を出てから、様々な職業に就いたが、出版界で仕事をしたいがために小卒の学歴を詐称するなどひとには言えない苦労をしていた。児童出版社の編集者となった西野は壺井栄への原稿依頼をきっかけにして壺井繁治・栄夫妻の知遇を得た。新日本文学会入会の推薦者は、壺井夫妻である。

西野辰吉と行動を共にした伊東信や小原元、金達寿はいうにおよばず、誰もが西野辰吉の一存で私がリアリズム研究会事務員に雇われた事情を知っていた。人づてによると、私が西野辰吉の後を追わないのはけしからんと批難しているという。確かに、何処の馬の骨とも知

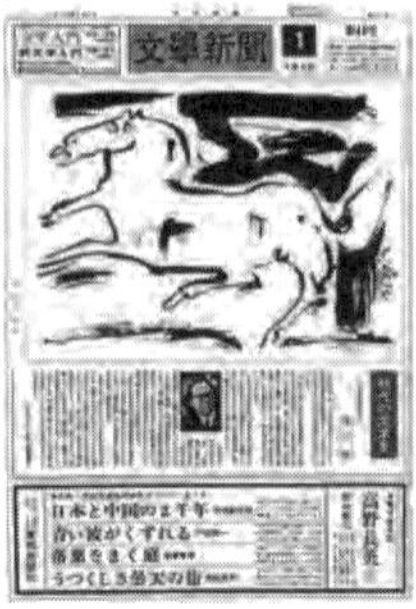

「文學新聞」1973年新年号
（44号、絵・井上長三郎）

前列右から中里喜昭、手塚英孝、及川和男、後列右から山根献、津田孝、右遠俊郎、土井大助
（東京・麹町、文学同盟事務所）

れぬ若造に情をかけてくれたのは西野辰吉なのである。

しかし、西野辰吉本人からは何も言ってこなかった。ただ、「く、や、し、い」という呻き声だけが私の耳に強く残っていた。私は、恩人の西野辰吉が脱退した以上、事務局に留まるべきか否か苦悶した。恩知らずといわれたくはなかったが、文学運動の事務局は、私にとって理想の職場と化していたのである。後追いをするどころか『現代と文学』の読者にさえならなかった。恩は恩、私は私、と割り切ったのである。

私は冷血で薄情な男なのかもしれなかった。というのは、父・潔が出奔したときでさえ、まだ十四歳だというのに二度と私の目の前に現れるな、と大人びた口を利いた。いささかの悲しみも恋しさも感じなかった。私は母親に思いやりのない父親が大嫌いだったのである。父の出奔をむしろ喜んだ。幼年期より病弱で気が弱く、父親から神経質で女の子みたいな奴だと侮《あなど》られていたが、反抗心だけは人一倍強かった。

私は、文学同盟に踏み留まった。民主主義文学運動に幻滅を感じるどころか、むしろ情熱をかきたてられた。

春の第三回大会以後、『民主文学』に収録していた「同盟通信」を独立させる形で月刊『文學新聞』(69年3月15日号)が創刊された。その編集を担当することになった。創刊号はタブロイド判二ページの小さな新聞だったが、すぐに四ページに増やした。印刷は港区・金杉橋の日本機関紙印刷所、活版印刷だった。そのトップ記事があろうことか西野辰吉らが議事途中で退場した第三回大会報道だった。顔馴染になっていた準同盟員の中からも退会者が出てきた。同志が目の前から忽然と姿を消してゆくさまを目の当たりにして、絆の脆さに暗澹となった。信頼を寄せていた人々がごそっと抜けた後は、乗っていた満員バスがいつの間にか空っぽになったような気がした。私は、ぽつんとひとり残されたようで深い孤愁にとらわれていた。

2　横山正彦東大教授の「心を軽く」

横山正彦東京大学教授から新刊著書『経済学の根本理念　マルクス経済学と私』(学文社刊)

を恵贈されたのは、西野辰吉らの脱退劇より二年ほど前、新宿歌舞伎町にあった通称「ばばあ横町」の居酒屋「あづま」でのことだった。ママは年輩の平米子、彼女がひとりできりもりしていた細長い小さな店で、カウンターの奥に小座敷があった。「利佳」「いろは」といった店が暖簾を並べていた。教授は、社会変革に情熱をそそぐ「理論と実践」の人でもあった。ロシア

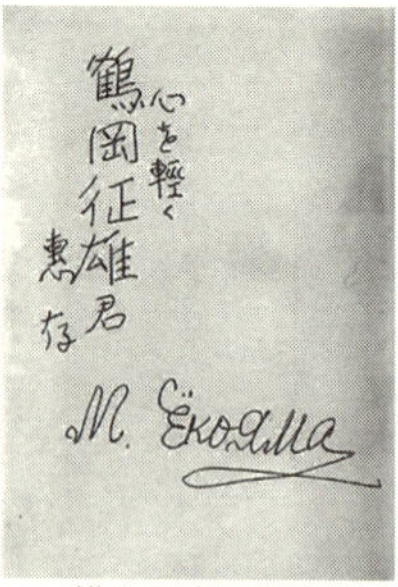

横山正彦の署名

文字で署名してくれたのだが、そこに〝心を軽く〟と一筆書き添えてくれた。教授は五〇歳。金達寿から、〝三十代で東大教授になったマルクス経済学の権威だ〟と吹き込まれていた。下戸だった私は日本酒をちょっぴり舐めただけで劇薬でも飲んだように顔を真っ赤にして他愛もなく酔い潰れていたが、この日ばかりはいつもと違っていた。横山教授の中学時代は、昭和五年、六年、七年、八年、この四年間は、アメリカからはじまった世界大恐慌の波にのみ込まれて、信州の田舎も困窮に喘いでいたという話に興味を惹きつけられたからである。昭和恐慌である。英語教師が「大学なんか出るより下駄の歯入れでもおぼえておいたほうが食っていけるぞ」と冗談とも本気ともつかないことを言い、紡績工場はバタバタと倒産、〝女工〟たちが街道筋に放り出されていたという。小型の英和辞典さえ買って貰えない同級生もいた、と教授は過去を振り返った。

「でもね、先生」と、そこで私は教授の話を遮った。

「私は、昭和二九年春に中学にあがったが、やっぱり英和辞典を買って貰えなかった。敗戦から一〇年になろうとしていたのに貧乏人はいっぱいいいました。英和辞典のせいかどうかわからないけど、英語の試験は〇点でした」

笑うと思った教授が笑わなかった。それどころか傍らに置いてあった黒い鞄から一冊の本を取り出してサインをはじめたのである。それが前述の本だった。

教授の目に、私がどのように映っているのかわからなかったが、暗く、陰鬱で、ものいわぬ、作家志望の男―「心を軽く」は、ねじまがった家族との確執を重く引きずっている影のある男への激励の言葉だった。平たくいえばくよくよするな、うじうじするな、ということなのかもしれなかった。

横山教授の〝心を軽く〟は、梅崎春生の「しっかり歩け。元気出して歩け!」(「幻化」)と共に、爾来、私の孤愁を救う言葉となった。

3　血潮をかきたてて『文學新聞』作り

『文學新聞』の編集は私の血をかき立てた。業界紙の編集記者募集の求人広告に応募したこともあるくらいだから、新聞づくりは願ってもない仕事だった。その一方で企画・事業部で新企画「海の文学学校」や「文学教室」「文学のふるさとを訪ねて」などを意欲的に実施していった。すべてのアイデアに下敷きとなる体験があった。私はリア研事務所に入る前に、日本近代文学館主催の夏季講座を受講していた。それが「文学教室」や「文芸大学講座」に結びついた。「文学のふるさとを訪ねて」の元祖は、中央労働学院在学中に小原元ゼミ（日本近代文学）で実施した田山花袋の長篇小説「田舎教師」の文学散歩で、利根川に面した埼玉・旧三田ヶ谷村（現・羽生市）などを自転車に乗って巡った体験がヒントになった。主人公の林清三にはモデルがいた。文学への夢を持ちながらも家庭の貧しさから進学を絶ち、弥勒尋常高等小学校の準教員となるが、失恋、貧困、結核に苦しみ、日露戦争の最中、二一歳の若さでその生涯を閉じている。小説に出てくる建造物もその多くが現存していた。利根川を渡し船で渡り、モデルとなった小林秀三の墓がある建福寺（小説では成願寺）などを参拝した。

「海の文学学校」についても体験が生かされた。春の終わり頃、金達寿の号令で「文学教室」などに参加していた女性たちを誘い、湘南海岸へ日帰りで遊びに出かけたことがある。日が暮れて、浜辺から行楽客が消えた。私たちは流木を集めてきて焚火《ファイア》をはじめた。車座になって金達寿の朝鮮民謡を聴いているうちに朝までこうしていたいという気持ちになった。その時、女性たちの間から「泊まり込みで文学の話が聴きたい」という声があがった。その声を具体化したのが「海の文学学校」だった。「文学のふるさとを訪ねて」も「海の文学学校」も、行楽と文学勉強をドッキングさせた新企画だった。それから毎年のように開催地を日本全国に求めて年中行事とした。

「海の文学学校」などの事業活動が成功したのは、ひとつには講師に恵まれたからである。常任幹事だった有力な書き手がごっそり抜けてしまった後だったが、その穴を埋めてあまりある人気を集めたのが「今月の推せん作」を登竜門にして登場してきた〝新人作家〟右遠俊郎と冬敏之だった。脱退者が出た後の急場を救ったのは療養所体験者のふたりだったといっても過言ではなかった。私は暫し脱退者のことを忘れて、毎月のように発表される右遠俊郎や冬敏之の作品に関心をもって読み耽った。右遠、冬は、「海の文学学校」の講師にもすんなり決まった。デビューして一、二年、まだ一冊の本も出していない新人の起用だったが、常々慎重な古参の常任幹事も異を挟まなかった。

右遠俊郎

東京・麻布高校の教師だった右遠俊郎（1926年〜2013年）は瞬く間に若者の心を摑んだ。右遠俊郎の出世作は「告別の秋」だが、過去に芥川賞候補にも挙げられたことのある実力派だった。「告別の秋」は、「人間裁判」として国家とたたかった朝日茂をモデルにした短篇で大きな反響を呼んだ。

右遠俊郎は岡山県出身で東大文学部卒、愛読書は中島敦。結核療養所で朝日茂と知り合い、〃おれを小説に書け〃と厳命されたのだといっていた。冬敏之も右遠俊郎も療養所体験者だったことから、文学は―恋と革命と療養所《サナトリウム》の体験者でなければ成功しない、などと放談の席で真しやかにささやかれていた。

4　差別に泣いた若き女性の涙

六九年八月八日から一一日にかけて、伊豆七島の新島で開催した第一回「海の文学学校」は予想以上の反響があった。百名の募集に対して一四〇名以上の応募者があったのである。講師陣は、霜多正次、窪田精、飯野博、そして右遠、冬の五名。飯野の勤務先は筑摩書房。近現代文学の評論を書いていた。東京・竹芝桟橋から東海汽船で大海原を行き、宿舎は新島ミサイル射爆場反対同盟を結成してたたかっている民宿に分宿することにした。宿舎毎にテーマ別の班を設け、講師と事務局を配した。これを下見にも行かずにぶっつけ本番でやってのけたのだから無謀といえばこれ以上の無茶はなかったが、ふしぎなほどトラブルは生じなかった。定員百名はたちまちのうちに満杯になり、急遽、四〇人までで打ち切って追加枠を組んだ。第一次、第二次とダブルの「海の文学学校」開催となったのである。

第三回大会以後の沈みがちだった嫌な空気を若者たちの熱気が一気に払いのけてくれた。なにしろ、一四〇名余の参加者の内、六割は二十代の独身女性だった。北は北海道から南は大分、一二の都道府県からの参加者で活気づいた。往復共、東海汽船の安価な二等船室でごろ寝という悪条件だったにも関わらず不平・不満は聞かれなかった。船室は暑苦しいといって、夜通し甲板上で潮風に吹かれていたロマンチストもいた。日焼けした肌をむきだしにして美しい砂浜に寝そべって談笑する若者たちの姿は、まさに青春真っ盛り、恋の噂は一組や二組のことではなかった。人生の悩みをみんなの前で打ち明けた勇気ある女性もいた。

参加者の感想文を『文學新聞』九月一五日号に掲載した。

夏期のボーナスをあてに服や靴を買うつもりでいましたが、「海の文学学校」の案内文をみて、いたたまれずに参加しました。私は未解放部落の人間であることを知ってから、ひところいたたまれない人間不信と絶望と社会矛盾をからだにきざみました。冬敏之さんの「体験と創作」に出席して、仲間のことばひとつひとつが新鮮で厳しく力強かった。帰ってからの私の日記には「勇気」ということばが沢山でてきています。（尾崎恵。二二歳・京都）

『民主文学』四月号の「サークル誌評」で未解放部落の問題について不適切な差別用語がつかわれたために第三回大会は紛糾、西野辰吉らの「脱退」となったはずだった。だが、「差別の根絶をめざす民主主義文学運動」の汚点を晴らすことなく、運動から去って行った人たちがいたのである。私は尾崎恵の原稿を手にして涙ぐまずにはいられなかった。未解放部落の人間ということから差別され、苦しみの末に自殺した福本まり子の手記『悲濤』の慟哭を思い出さずにはいられなかった。あらゆる差別の根絶——思想差別、女性差別、部落差別（未解放部落問題）、ハンセン病差別、学歴差別などなど—私は尾崎恵が「海の文学学校」に参加したことによって人生の窓を大きく開いたことを知り目頭を熱くした。この時、尾崎恵に横山正彦教授から贈られた言葉「心を軽く」を告げなかったことを今もって悔やんでいる。しかし、彼女が新島で冬敏之と出会い、太平洋の大海原を眺めながら心を開いてくれただけでも、「海の文学学校」を開催した意義が十分にあったと思った。

5　ハンセン病療養所に隔離された26年

冬敏之は三五（昭和10）年、愛知県生まれ。七歳の時ハンセン病を発症、父と二人の兄と共に東京東村山の国立ハンセン病療養所・多磨全生園に入所、尊い少年時代を棒に振った。「強制収容・終生隔離」がもたらした悲劇である。しかし、二〇歳の時、ハンセン病療養所長島愛生園に設立された岡山県立邑久高等学校新良田教室第一期生となり、学業の光を浴びた。在学中に小説「青と茨」を旺文社の懸賞募集小説に応募、佳作となり、『学生週報』に連載さ載された。選者は阿部知二。卒業後は多磨全生園に帰り、群馬県・栗生楽泉園へと転園した。六八年、『民主文学』九月号の「今月の推せん作」に「埋もれる日々」が掲載されたのを機に筆一本で生活する覚悟を決め、上京、二六年ぶりに社会復帰した。

冬敏之が麴町マンションにやってきたのは六八年一〇月三日、この日が初対面だったが、三三歳という年齢にしては老けて見えた。

「年老いた青年だな」

それが私の第一印象だった。

一〇月号に「父の死」、六九年新年号に「薄明り」、六月号に「雷雨」と矢継ぎ早に佳作を発表、新島行の直前に発売された九月号には「色あせた千代紙」というように、猛烈な勢いで小説を書きまくっていた。

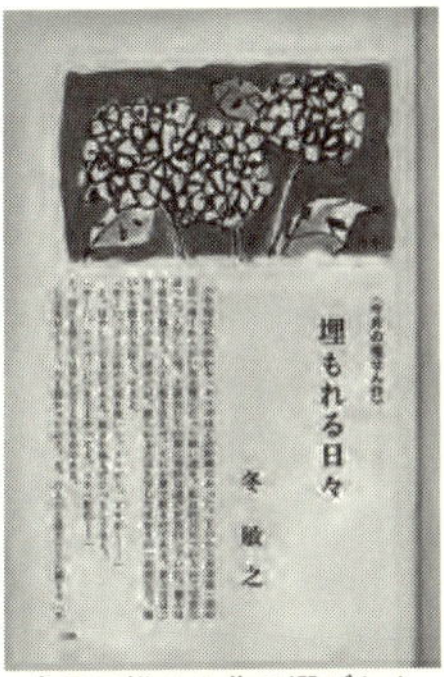

今月の推せん作に選ばれた冬敏之「埋もれる日々」(『民主文学』1968年9月号)

五月二八日、麴町マンションの事務所で「作者と読者の会」が開かれ、二〇名が参加して「雷雨」の合評会が行われた。開会前、女性読者から電話がかかってきた。出席したいが、病気はうつらないのですか？　同席しても大丈夫なのですか、という問い合わせの電話だった。事務所では勿論、ハンセン病は完治しています、と答えたが、意表をつかれた感があった。冬敏之の作品を読んでいる進歩的だと思われる読者であっても、ハンセン病を恐れている、警戒心をもっているということがわかったからだ。だがそれはなにも外部の人間に限ったことではなかった。事務所でも冬敏之が飲んだ湯飲み茶碗は念入りに洗っていると聞かされて、私は思わず歯ぎしりした。

合評会での大方の意見は、「父の死」や「薄明り」よりも低調だという厳しい意見が目立ったが、私は冬敏之の人間性がよく表れている作品だと思った。ひとことでいうなら〝人間不信〟、それとの葛藤、もしくは諦観が小説の通奏低音になっていると発言した。この当時、冬敏之にハンセン病患者の置かれている社会的環境、差別・偏見の歴史を小説によって正す、変革するという意欲、意識があったのかどうかはわからない。もしあったとしても稀薄だったように思う。むしろ、ハンセン病療養所からの退所者というひとにはいえない重い過去をもつ男が世間並みに生きようとしてきりきり舞いしている苦闘ぶりを描いているように思った。

一連の作品には冷酷で排他的な差別社会への恨み節、圧縮された怨念が心血となってほとばしっていた。文壇には療養所に対する差別があったと冬敏之は言い、四面楚歌だと言った。

冬敏之は、文学ゼミの講師をしているとき、教え子のハートを射止め、結婚した。お相手は四歳年下の看護婦、五十嵐嘉子という二松学舎大学で中国文学を専攻したよき理解者だった。私は冬敏之に急かされて結婚式場の予約や祝う会の準備に走り回った。ところが、準備が整ったころ、不幸な事故が起こった。嘉子の父が川釣りに出かけたまま行方がわからなくなり、警察や消防による大掛かりな捜索が続いた。冬敏之も不自由な足を引きずるようにして現場にでかけた。数日後、川下で死体が発見された。喪中で結婚式は中止となり、祝う会実行委員長の霜多正次や右遠俊郎などが麹町マンションの隣りにあった蛇の目寿司の二階を借り切ってこじんまりとした祝う会を行った。写真はそのとき私が撮ったものである。

冬敏之・五十嵐嘉子の結婚を祝う会。前列右から荒砥洌、茂木文子、冬、五十嵐、霜多正次、後列右から工藤威、上原真、織田洋子、中野健二、右遠俊郎、稲沢潤子（麹町の蛇の目寿司）

退所者が、健常な女性と結婚する場合、大概の人が入所歴を隠蔽した。手紙や写真はことごとく焼却していた。過去がばれるのを恐れ、予防線を張ったのである。多くの患者が入所時に本名を捨てた。故郷も棄てた。ハンセン病療養所に入所したと知られれば家族、親類縁者に累を及ぼすからだ。まして本人のこととなれば破談、家族崩壊は必定だからだ。

だが、冬敏之は二六年間に及ぶ療養所時代の資料

冬敏之『ハンセン病療養所』
（壺中庵書房、2001）

は、年賀状一枚たりとも捨ててはいなかった。十代から作家意識を強くもって生きて来たのだ。

その冬敏之でさえ生家から戸籍を抜いた。男兄弟三人がハンセン病となったため養子に家督を継がせるためである。だがそれは懇願されてのことではない。一五歳にして冬敏之自身が家にひとり残った母のために選択した決断だった。彼は退所者として異例ずくめの人生を辿って行くのだが、文学運動の中にあってもその存在は際立っていた。

「鶴岡さんが、コンプレックス、自己卑下、人生を諦めている人間の哀しさを書いている、といっただろう、あれがいちばん堪《こた》えた」

「雷雨」の合評会の後、冬敏之がそう言った。

6　全国ハンセン病国賠訴訟原告団

晩年、冬敏之は、ハンセン病国賠訴訟団の原告として国を相手取ってたたかい、二〇一一年五月一〇日に「人間回復」の悲願を勝ち取った。短篇小説集『ハンセン病療養所』（壺中庵書房刊）で日本共産党の多喜二・百合子賞を受賞、その授与式で「しょぼくれた人生でした」と述べて座の緊張をほぐした。その一週間後、二月二六日に六七歳で死去した。『ハンセン病文学全集』（皓星社刊）には、「いのちの初夜」の北條民雄が七篇、「奇妙な国」の島比呂志が八篇、冬敏之は「埋もれる日々」など八篇が加賀乙彦編で収録されている。集英社創業85周年記念企画「コレクション戦争と文学」（11年刊）には「その年の夏」が収められ、冬敏之文学の評価は没後も高まっている。

デビュー当時の冬敏之は、実感により近いところで創作活動を行っていたが、文学運動と共に大樹になった。民主主義文学運動は「あらゆる差別の克服」をめざし、社会矛盾の根源を打破する社会変革の文学を求めている。冬敏之は、その象徴ともいうべき作家なのである。

講演中の冬敏之

冬敏之は、病気の後遺症のある重度の障害者だった。手の指の関節は曲がったままで、万年筆を握るのも不自由していた。真夏でも軍手をはめていた。冷えが大敵なのだ。いつでもスーツを着てネクタイを締めていた。真夏の「海の文学学校」開催期間中でさえその服装は同じだった。海水浴も風呂もパスしていた。左足が不自由で歩行の際も足を引きずるようにしていた。冬敏之の足が悪いことは百も承知していたが忖度せず、みんなと同じように朝晩、砂浜を移動させてしまった。彼もまた機敏な若者たちの行動に後れを取るまいとしたに違いない。

私は、冬敏之に講師の任を無理強いしておきながら、新島では深夜になると人気のない海辺に女子大生を誘い出した。そして、漆黒の海の底でコバルトブルーの幻想的な光を発している夜光虫に見とれて、彼のことは顧みなかった。

ところが、帰郷後の八月二七日、冬敏之は草津・栗生楽泉園の第三病棟に入室、悪化した左足指二本を切除した。新島での強行軍が祟ったのだ。

試練の続く文学運動だったが、骨身惜しまず真剣になって奮闘した人々によって、運動は進められていった。ハンセン病療養所からの退所者、冬敏之もそのひとりだったのである。

Ⅷ

「文学のふるさとを訪ねて」北の大地編

1 「宮本百合子没後20周年記念の夕べ」

「栗原小巻が楽屋に入ったぞお」

受付で開場準備に追われていた私たち要員のもとに、栗原小巻到着の知らせが入ると、たちどころにざわめきが広がった。俳優座公演・チェーホフの「三人姉妹」(68年)で注目を浴び、NHK大河ドラマ「樅ノ木は残った」(70年)の悲運のヒロインを演じて人気急上昇、吉永小百合は〝サユリスト〟、栗原小巻は〝コマキスト〟と称した追っかけが現れ、人気を二分していた。その美貌の新劇女優が宮本百合子作品を朗読するとあって前評判が高かった。開場まで三時間もあるというのに会場前には長蛇の列が出来ていた。栗原小巻が「貧しき人々の群」、そして井川比佐志が「播州平野」の一部を朗読するプログラム。栗原小巻は舞台で俳優座のホープと紹介された。

それにもまして、マスコミから「共産党のプリンス」と呼ばれていた不破哲三新書記局長が「宮本百合子の社会評論について」と題して記念講演するというのだからひととおりの騒ぎではなかった。不破哲三、四一歳、百合子について講演するのはこれがはじめてのことだった。

開会挨拶は櫛田ふき、霜多正次が「宮本百合子の創作方法について」と題して二〇分、司会は東京演劇アンサンブルの佐藤友美と劇団民藝の菊地靖子。私は、製作担当、会場の予約や受付の責任者をしていた。チラシのセット作業をしていた裏方連も栗原小巻をいち早く見たくてそわそわし出した。抜け駆けを計るスタッフを制しながら、その裏で私はこっそり美女のいる楽屋を覗いていた。

神田一ツ橋の共立講堂で「宮本百合子没後二〇周年記念の夕べ」が行われたのは七一年一月二〇日、百合子の祥月命日の前夜のことである。二、〇一〇席はたちどころに超満員となった。入場整理券を持っている人でも入場を断り、入れろ、ダメですの押し問答が繰り広げられた記録的な入場数となった。

「記念の夕べ」の実行委員は、窪田精（文学同盟）、永見恵（多喜二・百合子研究会）、相賀孝子（新日本婦人の会）、山下文男（日本共産党中央委員会）。スタッフは演出・津上忠、舞台監督・佐久間勝蔵、照明・川崎ひろし、音楽・諸井昭二、美術・園良昭、スライド・田村茂、土井大助。制作担当は神谷国善と私。朗読やスライド上映の際、諸井昭二がピアノを奏でた。

スライド構成「百合子の生涯」は、写真家・田村茂の写真を中心に土井大助が台本を書き、ナレーションは文学座の荒木道子が担当した。「進行台本」はガリ版印刷だった。

河出書房版『宮本百合子全集』の写真をスライド上映に加える必要から、ある日、私が日本共産党幹部会委員長・宮本顕治宅の蔵書を借りて撮ることになり、カメラをぶら下げて杉並区高井戸西三丁目の自宅へ伺った。宮本顕治夫人の大森寿恵子が出迎えてくれて、世話をやいてくれていたのだが、パチパチやっているその途中で突如姿が見えなくなった。と思っていたら、すぐに和服姿の宮本顕治と共に現れた。

宮本顕治から、「ごくろうさん」とねぎらいの声を掛けられたが、挨拶を返す暇《いとま》もなかった。すぐさま奥へ引っ込んでしまったからである。一瞬の出来事だったが印象は強烈だった。未だにそのときの立ち姿が目に焼き付いている。委員長は、寿恵子に言い立てられて渋々机から離れたのかもしれない。亡き妻、百合子の記念集会の準備のために写真を撮りに来たといわれて、おそらく執筆中の重い腰を上げたのであろう。

「宮本百合子没後20周年記念の夕べ」で講演する不破哲三（1971/2/20、東京神田・共立講堂、 提供・「赤旗」写真部）

スライド「百合子の生涯」の中には、百合子との結婚通知（32年2月）のはがきも入っていた。顕治、百合子の結婚はドラマチックである。〃超大物〃同士、両人以上のビッグ・カップルは思い浮かばない。

百合子は日本近代建築家として著名な中條精一郎の長女として生まれ、外遊経験を積み、世界を見つめたインテリ女性であり、しかも九歳年上の姉さん女房。代表作「伸子」に描かれているように離婚の体験者でもある。離婚歴のある女性作家が、九歳年下の若き革命家と結婚したのだからそれだけでも十分センセーショナルである。加えて顕治は、東大在学中に芥川龍之介について書いた「『敗北』の文学」で華々しくデビューした新進気鋭の若き革命的文芸評論家であり、かつ非合法政党活動家だった。最高刑は死刑という治安維持法違反で獄中につながれながら、非転向で敗戦の日を迎えた剛毅の人である。

東京・小平霊園にある宮本百合子の墓への墓参会　（1973/2）

百合子は、戦後民主主義文学運動のリーダーとなったが、五一年一月二一日、電撃性髄膜炎菌敗血症のため死去、まだ五一歳だった。小林多喜二と同様、百合子忌の五年毎に記念の夕が開かれている生命力の長い大作家である。

それにしても没後二〇年だというのに、この賑わいはどうしたことだろう、私は立錐の余地もない共立講堂の客席を見て感動で足が震えた。

2　「小林多喜二没後40周年記念の夕」

その二年後の二月二〇日、多喜二の命日に「小林多喜二没後四〇周年記念の夕」（共立講堂。参加人員三、〇〇〇名）が開かれ、宮本顕治が「小林多喜二とその戦友たち」と題して一時間半にわたる記念講演を行った。多喜二の姉・佐藤チマ、弟・小林三吾も招待されていた。多喜二の戦友とは、顕治自身がそうであるが、詩人の今野大力、今村恒夫、演出家の杉本良吉（女優の岡田嘉子との国境越えの恋で有名。岡田嘉子には文学同盟「文学教室」でソ連越境の秘話を語って貰っている）である。

講演する宮本顕治（提供・「赤旗」写真部）

この日、第五回「多喜二・百合子賞」の発表があり、手塚英孝の短篇小説集『落葉をまく庭』（東邦出版社刊）が受賞した。宮本顕治が珠玉の短篇集と激賞した同書には、「父の上京」「予審秘密通報」などが収録されている。

宮本顕治は、盟友・手塚英孝について、「大変おしゃれな中学生でありました（笑い）」といった。ふたりは同郷（山口県光市）で手塚が二歳年上である。

「さっきみなさま方の前にあいさつしたときの手塚君は、いかにも村の村長さんか（笑い）、あるいはいまの村長さんはもっとスマートでしょうけれど（爆笑）、むかしの村夫子《そんぷうし》ということばがあたるような風ぼうでしたが、この人も多喜二と苦労をともにした人であります」

（73年3月23日付「赤旗」）

話は脇にそれるが、宮本顕治が写っている次頁の写真は七二年九月二三日に撮影されたものである。日本共産党中央委員会文化部長だった山下文男（1924年〜2011年12月13日）が勇退後、「何か役に立つときがあったら使ってくれ」といって、送ってくれたものである。山下のライフワークは地震津波災害史、出身地・岩手県旧綾里村に帰り、日本の津波災害史研究家として『津波てんでんこ・近代日本の津波史』（新日本出版社）など、数々の著書を記し、津波防災研究に多大な功績を残した。「3・11」で罹災、その年の暮れに他界した。

山下がつけたキャプションには、次のように書かれていた。

「1972年9月23日、宮本顕治さんの招待によるプロレタリア文化運動以来の友人たちとの懇親会。党創立50周年記念、第14回赤旗まつり第1日目終了後、東京・多磨湖畔の中華料理店に於いて。（江口渙さん、壺井繁治さんは欠席）」

ここには、宮本顕治のほか、古在由重（哲学者）、田村茂（写真家）、八田元夫（演出家）、山本薩夫（映画監督）、手塚英孝（作家）、蔵原惟人（評論家・ロシア文学者）、永井潔（画家・作家）、村山知義（劇作家、演出家、画家、小説家）、松山文雄（画家、漫画家）、松本正雄（評論家、アメリカ文学研究家）の諸氏がいる。宮本顕治付の秘書二氏も写っている。

前列右から古在由重、田村茂、後列右から山下文男、宮本顕治、八田元夫、山本薩夫、手塚英孝、蔵原惟人、永井潔、一人おいて村山知義、一人おいて松山文雄、松本正雄
（1972/ 9/23、多摩湖畔の中華料理店、山下文男提供）

ここでも、蔵原惟人のダジャレが飛び出していたに違いない。そして小林多喜二の思い出、昔話で大いに盛り上がったことであろう。

山下文男は食通らしく、浅草のどぜう屋・飯田屋の座敷でばったりでくわしたことがある。所用で上京すると必ず浅草に来るといっていたから余程、飯田屋がお好きだったのであろう。私は、断然、「駒形どぜう」だが、その日に限って、吸い寄せられるようにして飯田屋のれんをくぐったところ、山下文男がひとり酒をやっていたというわけだ。山下は、「駒形どぜう」は、タレが甘すぎるといっていたから、好みは「てんでんこ」というわけだ。別の日にも、飯田屋の店先で山下を見かけたことがある。

3　小林多喜二の色紙発掘

話は少々遡るが、小林多喜二の色紙が出てきたときの顚末を記録に留めておきたい。

六八年二月一七日付けの日刊紙『赤旗』に、江口渙議長が、小林多喜二の色紙を持っている人はいませんか、という内容のアピールを書いた。「小林多喜二没後三五周年・ナップ結成四〇周年記念文芸講演会」が、その年の四月一二日、日本青年館で開催されることになるのだが、そこで多喜二の色紙を複製して同好の人々に分けてあげようという企画が持ち上がり、色紙探しがはじまった。それで江口議長がアピール文を起草することになった。

すると早速、手紙が来た。江口議長のアピール文を読んだという愛媛県松山市の赤旗通信員岡崎輝雄さんからのもので、愛媛大学の唐津秀雄教授が持っているという知らせだった。関係者は大喜びした。すぐに江口議長が唐津教授に手紙を書き、色紙の拝借を申し出た。

唐津教授の快諾を得て、めでたく、多喜二色紙の複製できあがったとき、このいきさつを江口議長に原稿を書いていただき、「しおり」としてつけた。制作・頒布は日本民主主義文学同盟である。当時、私は文学同盟事務局で企画の仕事などをしていた関係で色紙製作の担当になった。それで多喜二の直筆色紙を手にして、あちこち持ち歩いたりもした。紛失したり、汚したりしないように神経を使った。

唐津教授が、多喜二色紙を入手したいきさつは、『民主文学』六八年五月号に「多喜二の色紙」と題して随筆に書いている。ここではその紹介は割愛させていただく。

私は、色紙の複製を手がけるのははじめてだった。そこで参考にしたのが、日本近代文学館の作家色紙である。夏目漱石などの色紙を複製して事業活動にしていたことを思い出し、それを真似たのである。印刷所も日本近代文学館と同じ大塚工藝に製作を依頼した。タトウは九段下の玉泉堂、「しおり」の印刷等は光陽印刷で刷って貰った。

このとき、宮本百合子の色紙も複製した。色紙は宮本家から拝借した。

うらゝかな春は
きびしい冬の
　あとから来る
可愛い蕗のとうは
　霜の下で用意された
　　百合子

江口議長は、「しおり」にこう書いている。

小林多喜二は字がうまいくせに色紙や短冊を書くことをすごくきらっていました。だから彼の色紙は日本中をさがしても十枚とはないでしょう。この色紙はそのようにすくない中のひとつです。だからみなさんも、そのつもりで愛蔵して下さい。

　多喜二の色紙。
　　我々の藝術は
　　　飯を食えない人に
　　とっての料理の本で
　　あってはならぬ。
　　　　三一・一一・一〇
　　　　　小林多喜二

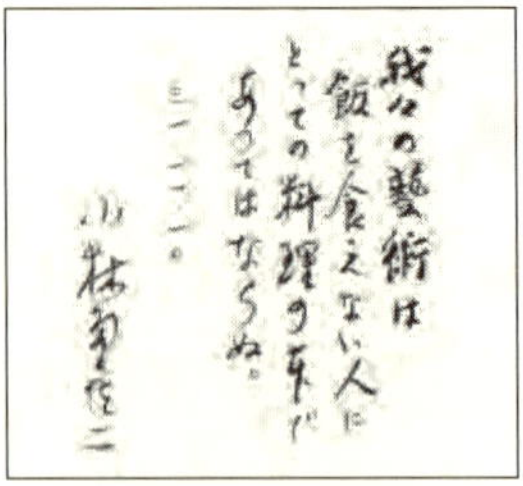

小林多喜二の色紙

　多喜二の色紙は、めずらしいという評判も立ったせいか、実によく売れた。それで、柳の下の泥鰌をねらって第二弾を出した。「蟹工船」の冒頭部分を生原稿から複写して色紙にした。だが、こちらは売り切るまでに時間がかかった。

だが、それさえも、いまは手に入らなくなっている。

手塚英孝は、小林多喜二研究の第一人者である。代々医師の家に生まれ、慶応を中退して左翼運動に身を投じ、地下活動を行った。佐藤静夫は、手塚英孝の仕事ぶりについて〝綿密・周到なおかつ彫心《ちょうしん》鏤《る》骨《こつ》〟といっているが、それに〝厳格〟さを加えたい。その結晶ともいうべき労作が、『定本・小林多喜二全集』の編集・校訂・解題であり、不朽の評伝『小林多喜二』（以上、新日本出版社）である。

私も何度か世田谷区豪徳寺の井戸のある手塚宅をお邪魔しているが、その都度、果物ナイフで丁寧に林檎の皮を剝き、食べやすいように小さく切って勧めてくれた。頑固一徹だが気の優しい作家だった。その手塚英孝に慌てさせられたことがある。文学同盟創立直後、「文学教室」を池袋の豊島公会堂小ホールで開いたときのことだ。手塚の演題はもちろん「小林多喜二」、講義時間は約一時間。ところが、手塚英孝が訥弁であることや、声が極めて小さいことがわかったのは講義がはじまってからのことだった。

手塚英孝

広いホールに一〇〇人ほどの聴講生が集まっていたが、すかさず後ろの方から、「聴こえませーん」という大きな声が飛んできた。それがひとりやふたりではないのだ。ホールには、マイクの設備がなかったのである。手塚にもっと大きな声で話をしてくれませんか、とお願いしてみたが、注文に応えて、ボリュームを上げたり下げたりする器用な人ではないらしく、困った顔はしたものの声は一向に大きくならなかった。聴講席から不満のざわつきが段々大きくなってきた。

私はどうしていいかわからず狼狽えた。ふと、デモでよく見かけていた携帯用スピーカーを買えばいいと思いつき、雨の降る池袋の商店街へ飛び出していった。ところがどの家電店でもありません、ありませんと首を横に振られた。私はそれでもあきらめずに駆け巡ってみたが、結局空振りに終わった。手ぶらでホールに引き返してみると、手塚の講義が終わっていた。なんだかほっとして、その場にへたりこみたくなるほど疲れ切っていた。

手塚の故郷、虹ケ浜の海は「虹のように湾曲した、すき透るような白浜と松林が八キロも続き、よく晴れた日には、広くひらけた瀬戸内のはるか向こうに、九州地がかすかに浮かんで見わたせる絶勝の地」だったという。虹ケ浜には、手塚の文学碑が建立されていることは既に書いた。

手塚は、見かけは机の前にデンと腰を据えた古風な作家然（宮本顕治がいう村風子という例えがぴったりなのだが）としていたが、夏、海へ出掛けると全く別人になった。見かけによらずスポーツマンだったのである。海に入ると生き返る、と手塚英孝は言い、無心になって泳いでいた。青春期は、治安維持法の暗黒時代、海水浴どころではなかったのであろう。海で泳ぐと、その年の冬は風邪をひかないといって、毎年のように「海の文学学校」の講師に名乗りを上げてくれた。手塚は〝海の子〟だったのである。

陸中海岸国立公園岩手三陸海岸の吉浜で「海の文学学校」（76年）を開催したときは冷害が思いやられるほどの異常気象で、若者たちは海水着をつけたものの海水が冷たいと言って誰一人海に飛び込もうとしなかった。そんな中で庄内生まれの土井大助がひとり、抜き手を切って沖へ沖へと飛沫をあげていた。海水浴を断念、浜辺でクラス別対抗の野球試合を行った。こういうときでも、手塚は一選手になりきってバットを握り、打って、走ったのである。

4　小樽、東倶知安、釧路、積丹半島の旅

七三年六月、多喜二没後四〇周年を看板にした第八回「文学のふるさとを訪ねて」北海道編を実施した。北の大地ゆかりの作家、小林多喜二、東倶知安の多喜二文学を中心に、余市の伊藤整、有島武郎関係では札幌、ニセコ町、積丹半島まで足を伸ばした。「生れ出づる悩み」のモデル、海の画家・木田金次郎は、積丹半島・岩内の人である。函館・釧路の石川啄木、久保栄の戯曲「五稜郭血書」も函館である。案内役は佐藤静夫、島田正策、高山亮二、三国洋子。釧路では、『釧路文学』の小林一之助の協力を得た。

七泊八日（6月14日〜21日）の日程で往路は夜行寝台特急、復路は空路。島田正策は多喜二

が主宰した同人誌「クラルテ」の同人で大の親友でもあった。小樽商科大学教授で文学同盟員のロシア文学者、松本忠司に、多喜二が小樽高商に在学中、フランス語劇でメーテルリンクの「青い鳥」を上演した講堂を見せて貰った。高山亮二は有島武郎に関する著書をもつ文学研究家で後の有島武郎記念館名誉館長。作品朗読は、東京演劇アンサンブルの女優・宮本満里子。五、六回分の企画に相当する文学紀行をワンパックにしてしまったのだから、道内をぐるりと回るハードスケジュール。欲張りすぎたという反省もないわけではなかったが、収穫の多い究極の文学紀行となった。

私が下準備のため現地へ飛んだのは二月下旬、共立講堂での「小林多喜二没後四〇周年記念の夕」終了直後のことだった。小樽ではまだ雪深い街の中を駅前旅館で借りた長靴を履いて街へ出た。小樽商大前の地獄坂を上り、旭展望台に建立されている小林多喜二文学碑まで膝まで雪に浸かりながら登った。動物の足跡さえない真っ白な雪原を無鉄砲に突き進んだのだが、よくぞ遭難しなかったものだと今にして思う。島田正策宅へ出向くと引っ越しの荷造りをしていた。川崎へ移住すると聞き、ヒヤッとしたが、六月の案内は快く承知してくれた。

札幌から釧路へは根室本線、蒸気機関車が汽笛を上げた。鈍行にしたのは、宿泊代節約のためだった。所要時間は約九時間。途中、滝川、赤平、富良野には零時三四分に到着、特急の通過待ちで一六分間停車。乗客は一車両にせいぜいひとりかふたり。車内は寝静まって、機関車の吐き出すシュッーという蒸気の音だけが雪の降る暗闇へ消えて行った。釧路行きに拘泥したのには訳がある。六二年一〇月、二〇歳の時に日比谷・芸術座で菊田一夫作・演出の「悲しき玩具」を観たからである。

さいはての駅に下り立ち雪明りさびしき町にあゆみ入りにき　啄木

第8回「文学のふるさとを訪ねて」
北海道釧路市の石川啄木銅像（本郷新制作）前で。
最前列右端は解説役の佐藤静夫　（1973/6/20）

主役の石川啄木役は現代劇初主演の市川染五郎（現・九代目松本幸四郎）、染五郎は当時二〇歳、ほかに森光子、浜木綿子、八千草薫らが出ていた。霧の釧路で零落の身をもがく啄木の悲痛な叫びが甘っちょろい文学青年の心をとろけさせた。釧路は私にとって憧れの街だった。

帯広駅到着は午前三時三四分、発車は四〇分、この時間、私は寝台の電気をつけたまま眠り込んでいた。一六年間消息不明だった私の父が、三年前にこの帯広の街で死んでいた。享年五七。それがわかったのはつい一ヵ月前のことだった。釧路での段取りが整い、札幌に引き返す途中、帯広駅に降りて、父と同居していたという女性に会った。

本番の旅では、有島の出世作「カインの末裔」（17年発表）の舞台へも足を運んだ。松川農場に仕事を求めて、仁右衛門が妻と赤ん坊と痩せ馬を曳いてやって来る。飢えと寒さに身震いしながら、「玉蜀黍殻《とうきびがら》といたどりの茎で囲いをした二間半四方程の小屋」に辿り着く吹雪の場面は圧巻である。武郎が小作人に解放宣言を行った農場の氏神弥照《いやてる》神社の前で宮本満里子の朗読を聞いた。厳寒の原野の中へ、赤子の声が「反響もなく風に吹きちぎられて遠く流れて行った」と有島は書き、極貧の農夫への同情を歌い上げている。「カインの末裔」は、農民文学の白眉だと思った。

小樽では、多喜二の実姉で七二歳になる佐藤チマが朝里の自宅に一行を迎え入れてくれた。窓からは多喜二も泳いだという海を見下ろすことが出来た。チマが入学した北海道庁立小樽高等女学校は良家の子女が通う小樽で最も有名な高女であり、チマのように学資を稼ぐために鰊場や豆工場、火山灰会社のコークス拾いをして働いていた生徒は例外中の例外だった。母親のセキは読み書きが出来ないために苦労を重ねた。娘にはその二の舞はさせたくなかったのである。多喜二は短篇「田口の『姉との記憶』」にチマを描いている。チマは高女を出て、朝里の大きな網元である佐藤家に嫁いだ。高齢になってもその面立ちは美しかった。母・セキが同居していた時期もあったとのことで、その部屋にも通してくれた。

佐土哲二、千田是也作の多喜二デスマスク、石膏のオリジナルに、青銅の複製を見せてくれた。石膏のデスマスクが壊れるといけないからというセキのいいつけで青銅の複製を作ったのだという。壁には、多喜二のスケッチ画、セキの詩のような文章がさりげなく貼ってあった。セキは、多喜二に手紙を書きたい一心で手習いをはじめたのである。多喜二が倒れて四十年、「党生活者」の中で地下活動に潜っていた息子と母親が麻布十番のフルーツパーラーで再会する場面を思い出さずにはいられなかった。セキの最愛の息子は、二九歳の若さで国家権力の手酷い拷問によって殺されたのである。

小樽市旭展望台に建つ小林多喜二文学碑

あーまたこの二月の月かきた　　（ああまたこの二月の月がきた）
ほんとうにこの二月とゆ月か　　（ほんとうにこの二月という月は）
いやな月こいをいパいに　　（嫌な月、声を一杯に）
なきたいどこいいてもなかれ　　（泣きたい　どこへ行っても泣かれ）
ないあーてもラチオて　　（ない　ああ、でもラジオで）

しこすたしかる　　（少し助かる）
あーなみたかてる　　（ああ、涙が出る）
めかねかくもる　　（メガネがくもる）

浅草から参加した老婦人は字が読めなかった。『民主文学』読者に誘われての参加だったが、札幌の街でひとり迷子になった。ホテルには帰り着いたものの、ルームナンバーが読めないためにパニックになった。その老婦人が、セキの人生に落涙していた。

5　すぐれた作家には、いい友だちがいるものだ

島田正策によれば、小樽の街には多喜二が活動していたころの建造物がそっくりそのまま残っている、変ったところといえば土埃だった道路が舗装されたぐらいのものです、ということだった。

例えば多喜二が勤めていた北海道拓殖銀行小樽支店、運河、潮見台小学校、北海製缶工場、小樽高商（一部分）、小樽水上警察署、小樽税関、小樽図書館、多喜二の伯父の家、山宣（山本宣治）が泊まった錨屋旅館、『海上生活新聞』を編集していた家、小樽新聞社などが今も現存しています。多喜二はこの街で文学を勉強し、悲しい恋をしながら、革命運動

に目を開き、さまざまな矛盾を掘り下げて成長していったのです。

チマは貸切バスに同乗して、島田と共に小樽築港駅近くの多喜二の家跡、奥沢の墓所、三ツ星パン屋跡、田口タキのいた曖昧屋のヤマキ屋跡などを案内してくれた。多喜二が日記「折々帳」にも書いているタキとのデイト場所、水天宮の境内では思い思いのひとときを過ごしたりもした。かつて小樽には喫茶店はたった一軒、「越路」という店しかなかった。その喫茶店「越路」がまだ営業していた。多喜二はこの喫茶店で、小樽高商の後輩で多喜二の才能に〝嫉妬〟していた伊藤整と鉢合わせをしたりした。

それから島田正策はこんなことも言った。

『戦旗』に発表した『蟹工船』が爆発的に売れた。単行本にもなった。当時、戦旗社の財政を担当していた壺井繁治が、『太陽のない街』の徳永直に印税を払ったからといって、多喜二に同額の千円を払おうとしたら、多喜二は〝戦旗社は財政的に大変だろうから、その方に使ってほしい〟と言って、小遣いとして一〇〇円だけ貰っておくと言って受け取らなかった。

島田正策が語る多喜二のエピソードに、誰もが身を乗り出すようにして聞いていた。参加者二八名の最高齢は八九歳、文学同盟員の長谷川綾子や三浦光則、香川県の高橋久視の顔もあった。

多喜二は、〝おれは風景は書かない〟と言っていたが、『東倶知安行』では、猛吹雪の中、馬橇を飛ばして選挙演説会場にゆくくだりは、けだし名文だと思う。

島田はあふれ出る追憶に気が急くのか、息をつくことさえ惜しむように、多喜二追慕の座談を夜更けまで語り続けてくれた。

田口タキを身請けしたとき、高給取りの多喜二のボーナスをもってしてもまだ金が足りなかった。その不足分を用立てたのが島田だった。しかし、島田自身はそういうことを自慢話にする人ではなかった。島田は、三月に小樽を引き払って、川崎に移住したが、一行を案内するために、六月一五日に小樽に戻り、共産党小樽地区寺井委員長の協力を得て、ガイドコースを練り上げて、一行の到着を待っていてくれたのだが、それらをなにもかも自費でやってくれた。しかも、ガリ版印刷で小樽市街地のわかりやすい絵図まで作って参加者に配ってくれたのである。その絵図さえあれば、銘々で小樽の街を安心して散歩出来るだけでなく、多喜二関連のスポットを探すことも出来た。多喜二と共に生きた人でなければ書けない文学マップだった。

島田は多喜二の活躍した小樽の街を、ひとつ漏らさず見てほしいという熱情をもって、誠心誠意、一行をサポートしてくれたのである。その献身ぶりに深く感謝した。

類は友を呼ぶ、というが、すぐれた作家には、いい友だちがいるものだと思った。

【「文学のふるさとを訪ねて」全11回の記録】

①回数②目的地③対象文学者④案内・解説者⑤作品朗読者⑥実施年月日）

①第1回②埼玉県秩父地方③西野辰吉「秩父困民党」④西野辰吉⑤入江洋祐（東京演劇アンサンブル）⑥69年4月20日。

沖縄・伊江島の団結小屋の前で。前列左から３人目「伊江島土地を守る会」会長の阿波根昌鴻、２列目左から３人目霜多正次、後列左から３人目・鈴木瑞穂（1972/12/29）

①第2回②信州・木曽路③島崎藤村「夜明け前」④佐藤静夫⑤崎田和子（東京芸術座）⑥69年10月17日〜19日。

①第3回②みちのくの旅・岩手県③石川啄木　宮沢賢治　高村光太郎④田村栄⑤岩本多代（劇団新人会）⑥70年5月29日〜6月1日。

①第4回②瀬戸内海・小豆島③黒島傳治　壺井栄　尾崎放哉　生田春月④壺井繁治⑤志賀沢子（東京演劇アンサンブル）⑥70年10月31日〜11月3日。

①第5回②箱根・伊豆文学紀行③川端康成　タカクラ・テル④水野明善⑤荒木かずほ（東京芸術座）⑥71年6月5日〜6日。

①第6回②詩のふるさと　晩秋の上州路③萩原朔太郎　山村暮鳥　萩原恭次郎　髙橋元吉　伊藤信吉④伊藤信吉⑤岩本多代（前出）⑥71年11月20日〜21日。

①第7回②沖縄・霜多正次「沖縄島」④霜多正次⑤鈴木瑞穂（劇団銅鑼）⑥72年12月28日～1月3日。

①第8回②北海道③小林多喜二　有島武郎　石川啄木　④佐藤静夫　高山亮二　島田正策⑤宮本満里子（東京演劇アンサンブル）⑥73年6月14日～21日。

①第9回②四国路・足摺岬③田宮虎彦「足摺岬」槙村浩「間島パルチザンの歌」安岡章太郎「海辺の光景」大原富枝「婉という女」夏目漱石「坊ちゃん」土佐文雄「人間の骨」④右遠俊郎　土佐文雄⑤岩本多代（前出）⑥73年12月29日～1月4日。

①第10回②アンコールみちのく・名詩・名歌の旅③石川啄木　宮沢賢治　高村光太郎④田村栄⑤石橋幸（劇団仲間）⑥74年5月3日～6日。

①第11回②アンコール沖縄③霜多正次「沖縄島」「守礼の門」④霜多正次　嶋津与志　大城立裕　知念忠二　吉浜忍⑤鈴木瑞穂（前出）⑥76年4月29日～5月5日。

Ⅸ

無頼派・太宰治の弟子、戸石泰一の晩年

1 『青い波がくずれる』出版記念会

七三年二月六日夜、新宿・花園神社隣の東京大飯店の大広間に於いて、作家で日本民主主義文学同盟（現・日本民主主義文学会）幹事・戸石泰一のはじめての小説集『青い波がくずれる』（東邦出版社刊）出版のお祝いと励ます会が開かれ、井伏鱒二をはじめ著名な作家、評論家らを含む五〇人ほどが列席した。実に二〇年ぶりの邂逅だという旧友もいた。

戸石泰一
（提供・「赤旗」写真部）

太宰治の墓前で後追い自殺した田中英光を描いた表題作のほか、同書には、「そのころ〜小山清のこと」、「別離〜わたしの太宰治」が収録されている。励ます会の発起人は、阿川弘之、井伏鱒二、伊馬春部、小田嶽夫、窪田精、霜多正次、檀一雄、丹羽文雄、藤原審爾、古山高麗雄の十氏。錚々たる作家が出席した出版記念会だったのだが、ジャーズムから注目されることもなく、極めてひっそりとつつましやかに行われた。この日も私は、裏方スタッフとして、気忙しく立ち働いていた。下足番こそしなかったように思うが、とにかく下回りの一切を右遠俊郎ら何人かとさばいていた。

——幻の作家・戸石泰一、五四歳にして初の創作集刊行！

新聞の見出しにしたいような来歴を秘した無頼派・太宰治の弟子は、この時、大動脈弁閉鎖不全と心臓肥大を患い、医師から絶対安静を命じられていた。しかし、医師のいいつけに従うような柔な作家ではなかった。

私は、民主主義文学運動の傑物・戸石泰一が好きだった。正直で、純粋で、一本気で、それでいて気が優しかったからだ。年は、父親のように離れていたが、ともだち同然に屈託なく杯を交わすことができた。

戸石泰一は一九（大正8）年一月二八日、仙台市生まれ、東京大学国文科を半年繰上げで卒業後、戦争にとられて、南方にやられた。「ポツダム中尉」（ポツダム宣言受諾を機に一階級昇進）となって復員、四八年二月、仙台第一高等学校の教師に就くが、その四ヵ月後、師・太宰治が山崎富栄と玉川上水に入水、六月一九日に遺体が発見された。戸石は急遽、上京して三鷹の太宰宅に泊まり込んだ。北海道夕張の炭鉱夫になっていた太宰の弟子・小山清も上京してきた。混乱する太宰宅でふたりは出会い親しくなった。

七月、八雲書店から刊行中の『太宰治全集』の仕事を委嘱され、学校は退職した。ところが八雲書店が左前になり給料も滞りがちの最中、妊娠中の妻・八千代が長女・千鶴の手を引いて仙台から上京してきた。友人宅に居候の身となっていた戸石は、戦後の住宅難の中、三鷹町下連雀三一二番地に部屋を借りるのだが、これがとんでもない物件だった。三鷹警察前の路地裏の二階四畳半、家賃は月千円、南に下れば鷗外の墓がある禅林寺という地理である。

部屋というより、屋根の上に乗っけた〝鳩小屋〟のようなものだった。雨漏りはするし、笑ってもくしゃみをしてもタンスの取っ手がカタカタと鳴った。八千代は、「あら揺れるのね」と、笑っていたが、煮炊きもままならぬ、吹けば飛ぶような〝鳩小屋〟で次女の万里が生まれた。名付け親は阿川弘之。赤貧洗うが如きのありさまだった。

それから五年、書きさえすれば〝アタル〟と信じていた小説はさっぱり評判にならなかった。一家の貧苦を見かねた亀井勝一郎のおもいやりで教職に就いた。作家・戸石泰一は小説「天才登場」を最後に、〝かたぎ〟(本人の弁)になった。都立豊島高等学校定時制の時間講師に転じたのである。

『青い波がくずれる』出版記念会での井伏鱒二(右)と小田嶽夫(1972/ 2 /10、東京大飯店)

『青い波がくずれる』出版記念会、右端が戸石泰一

そして、東京都高等学校教職員組合（略称・都高教）副委員長を一〇年務めた後、病気となって労働運動から身を引いた。一八年ぶりの小説、それが、「そのころ」（『民主文学』71年4月号）である。作家にカムバックするなり、つぎつぎと作品を書き出した。それが『青い波がくずれる』となって、新たな門出を祝う出版記念会となったのである。

戸石は、後輩の右遠俊郎の『さえてるやつら』の出版記念会（72年3月3日）で記帳した際、次のようなことばを認めている。

　長生きも芸の内。ぼくは人より10年よけい生きる決心をしました。そうすると、君とほんとに「勝負」ということになるかもしれない。おせじでなく、心の中でそう思い出している。　戸石泰一

しかし、この一八年間に友人たちは、すでに作家として功成り名を遂げていた。東大の同期、阿川弘之は志賀直哉に師事、師の推挽《すいばん》で作家デビュー、一家を成していた。千谷道雄は『秀十郎夜話』（文藝春秋社、58年刊）で読売文学賞受賞、古山は仙台・第二師団歩兵第四連隊に入

営した折からの戦友だが、七〇年、小説「プレオー8の夜明け」で芥川賞を受賞していた。友人が名だたる文学賞を受けて脚光を浴びている頃、戸石は定時制高校の教壇に立ち、組合専従として汗を流していたのである。

私の撮ったスナップ写真から、出席者全員とはいかないものの、何人かは確認することができる。庄野潤三、間宮茂輔、松本正雄、津田孝、山岸一章といった人たちの顔や背中が写っている。沼田卓爾、田代三良、小野才八郎、桂英澄、土井大助、細窪孝、冬敏之、稲沢潤子、工藤威もどこかにいるはずである。

正面、床の間を背にして、井伏、丹羽、小田、阿川、伊馬、霜多の顔がある。右手奥の隅っこに戸石が俯いて座っている。戸石が、井伏鱒二から遠い席にしてくれと自ら申し出たのかもしれない。司会は誰だったのか忘れてしまったが、スピーチがはじまると真っ先に指名されたのは、やはり「井伏鱒二先生」だった。ところが、和服姿の先生は、胡坐をかいた膝の上に大きなハンケチを広げてめがねを拭いていた。

太宰の師である先生は結局この日、なぜか何も語らなかった。

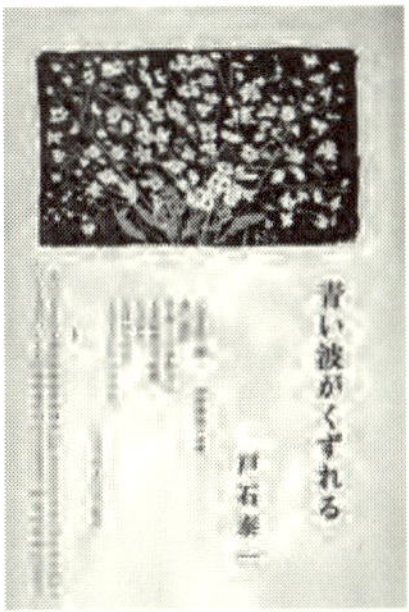

小説「青い波がくずれる」
(『民主文学』1972年2月号)

2　ライバル小山清との確執

戸石泰一の母方の祖父・吉野年蔵は古川町四代目町長、年蔵には一二人の子があり、長男は大正デモクラットの吉野作造、三男の吉野信次は、戦前の第一次近衛内閣の商工大臣、戦後は参議院議員、愛知県知事、武蔵大学学長などを歴任した著名人である。母シヅはその一番目、吉野家は古川町（現・宮城県大崎市）の名家だった。戸石は小学生の頃から『日本文学全集』を読み漁り、高校時代は剣術の全国大会で優勝歴のある剣道三段、文武両道の文学青年だった。

小山清は、一一（明治44）年一〇月四日、浅草・吉原に生まれ、下谷龍泉寺町で新聞配達員をしながら小説を書き、太宰が亡くなるまで原稿を見て貰っていた。小山は晩婚で、五二年五月一日、四二歳で結婚式を挙げた。太宰没後四年目のことである。式は、亀井勝一郎邸で行われ、媒酌人・亀井勝一郎夫妻、出席者は井伏鱒二夫妻、太宰夫人・津島美知子、阿川弘之、古川太郎（お琴の師匠）、戸石泰一の一〇人。この日、「血のメーデー」事件が起こった。

小山清は、戸石よりも八歳年上なのだが、帝国大学出の〝ポツダム中尉〟は、「小山君」と目下呼ばわりしていた。だが太宰は、小山清の才能を見抜き、熱心に肩入れしていた。

翌年一〇月三一日、山梨県の御坂峠に太宰治の文学碑第一号が、井伏鱒二らによって建立された。戸石はこの月はじめから定時制高校の時間講師になっていた。

富士には
月見草が
よく似合ふ

太宰治

撰文は井伏鱒二、太宰の短篇「富嶽百景」の一節である。除幕式で戸石と小山の間で火花を散らす悶着があった。出席者は井伏鱒二、伊馬春部、浅見淵、檀一雄、野田宇太郎、小田嶽夫、そして戸石、小山らが列席していた。戸石は、用事で行けなくなった亀井勝一郎の祝辞の代読をする役回りになっていた。ところが小山は太宰の弟子として祝辞を述べた。祝辞の代読者の名前などとりたてて紹介されることもない。それが戸石にはおもしろくなかったのである。式がはじまった。「私は仏頂面をし、気持を少しもこめず、亀井さんの祝辞を、棒のように読んだ」。それだけでなしに「小山君に〝差をつけられている〟」との悲憤慷慨が胸の中で渦巻き、爆発しかけていた。

太宰の〝弟子〟の序列の順序で、小山君があいさつをする代表に選ばれたのなら、亀井氏の代読も、亀井氏に親しい順番で、小山君にやってもらいたい。そうではなくて、小山君があいさつ、私が代読というのは、二人の間に序列をつけることではないか。私は承服しがたい。

（戸石泰一「そのころ～小山清のこと」）

戸石はそれまでたまっていた小山への感情を露骨にさらけだした。そして亀井の祝辞原稿を小山に押し付けた。さすがの小山も「憤りの表情」を滲ませた。

序列、序列――。新聞配達員と帝大出、なのに小山があいさつで、なぜおれは亀井勝一郎の代読なのか。それが順当な役回りだということを戸石は呑み込めなかった。本人の矜持と周囲の見方には、大きな隔たりがあったのだ。帝大出もポツダム中尉も文学界では鑑札にならない。小山清は、六月に初の短篇集『落穂拾ひ』が筑摩書房から刊行され、さらに翌年四月には、第二創作集『小さな町』が筑摩書房から出て、小山の文名は高まっていった。やはり太宰の目に狂いはなかったのである。

戸石は、作品が売れず、ついに食い詰めて、飯の種のため、腰掛けのつもりでやむなく教師になったのだ。それも都立高校の定時制の時間講師、帝大出も落ちたものだとみくびられた。本人にだって高校の夜間教師など冗談じゃない、と歯牙にもかけていなかった。しかし、妻子を食わせなければならなかった。背に腹は換えられない。いつだってやめてやる、と嘯《うそぶ》いていたその声も段々小さくなっていった。

都立豊島高校定時制卒業記念写真がある。新入りの戸石が最前列の左端に座っている。カメラから視線を逸らし、その態度からいかにもふてくされているといった様子が見てとれる。

「こんなことにまで、いちいちつきあっていられるか」

無頼派然としたその態度は、教室でも全く同じだった。

教室では、教卓にケツを乗せ、長い足をぶらぶらさせて、出席簿の名前を呼んだ。勤労学生の年齢はまちまちだった。朝から目いっぱい働いている生徒たちは眠い目をこすってでも勉強がしたいのだ。女生徒が思いつめたように椅子から立ち上がり、戸石を睨み据えて、一喝した。

「なんですかその態度は、わたしたちは真剣に勉強がしたくて学校にきているんです。もっとまじめにやってください」

今にも泣き出しそうに顔を引き攣らせて抗議した。女生徒につきあげられて戸石の足はぴたりと止まった。

ほんの腰掛けのつもりの勤めではあったが、しかし、教育という仕事は、文学とはまたちがった創造的な喜びと苦しみがあって心をとらえられていた。

私が戸石泰一を偉い人だなあと思ったのは、同窓の友

都立豊島高校定時制卒業記念。前列左端が戸石泰一
（提供・長谷川綾子）

の成功を妬みながらも、〝太宰の弟子〟のメンツに執着せず、くさりもせずに、新たな世界を切り開いていった転換の潔さである。

私は、はじめて「勤労青少年」とよばれる生徒たちの生活実態にふれた。彼らの生活のうえにのしかかっているものにくらべると私の「貧乏」などというものは、金がないという現象は同じでも、道楽で貧乏しているようなものであった。私の場合は、自分の気の持ち方さえかえれば、そこから脱け出すこともまだ可能であったが、彼らのは、気持の問題では、どうにもなるものではなかったのである。私は、ことごとに、そのことを思い知らされていた。（小説「そのころ」から）

五一年に長男・夏夫、五六年に三女・百合が生まれ、四人の子持ちになっていた。親子六人家族、筆一本での生活は望むべくもなかった。

御坂峠での確執を引き摺るようにして、戸石は小山清と疎遠になっていった。小山清は六五年三月六日に他界、享年五五。同年七月一九日には、梅崎春生が五〇歳で没している。

私は、戸石に寄り添いながらも、「そのころ」をきっかけにして小山清の作品を読みはじめた。

『落穂拾ひ』には、「わが師への書」「聖アンデルセン」「落穂拾ひ」「夕張の宿」「朴歯の下駄」

「安い頭」「櫻林」の七篇が収められている。

「落穂拾い」は、「バルビゾンの画家ミレーの代表作を題名としたこの作品のうちには隣人へのこまやかな愛と人生への敬虔な祈りとがこめられている」（旺文社文庫『落穂拾い・雪の宿』解説・小坂部元秀。75年刊）と高く評されている小山の代表作である。

その人柄については、「彼は、片隅に居て健気にその日その日を生きている人たちへの共感を語り、自らもつつましく、ささやかな浄福を求めて生きようとした作家であった」と、庄野潤三は記している。ケレン味はないが、名もなき人々の生き様を堅牢で磨き抜かれた文章で美しくあたたかく描きあげた永遠の文学といえる。戸石が張りあった相手は強敵だった。

3　東北人を愛した東北人

出版記念会が行われたその年の暮れ、戸石はまたしても、出先で心臓発作を起こし救急車で武蔵野市の西久保病院に入院した。二日後、代々木病院に転院、持病の大動脈弁閉鎖不全に、軽い〝視野狭窄〟、〝記憶喪失〟が加わった。七三年夏、戸石は、能登半島での「海の文学学校」（参加者一四八名）の講師になっていたが、心臓病が悪化、緊急入院となり、どたキャンしていた。

だが、大病を抱えながらも執筆の勢いは止まらなかった。病気をものともせずに創作に命の火を燃やした。〝視野狭窄〟となればそれを題材に短篇「眼中の炎」を書いた。「時代物は馬を書けなければだめだってさ」といいながら長篇小説「火と雪の森」を『赤旗日曜版』に連載した。「馬」の話は真山青果からの受け売りだといっていた。小説「ヨク状況ノ人トナリ……」「待ちつづける『兵補』」「母とわが家の周辺」「ひとつひとつの部屋」「三鷹下連雀」「五日市街道」などの佳作を発表、周囲の目を見張らせた。古山高麗雄が編集長の『季刊藝術』(講談社刊)、『民主文学』がそのよき発表舞台となった。戦争体験をはじめ、赤裸々に「性」を告白、あるいは妻子ある教師と女子高生との恋をやるせなく描いた深刻な作品もある。どこかに、男には誰にも女に好かれる時期がある、という一節があったような気もする。長篇小説『火と雪の森』(76年、津軽書房刊)、『消灯ラッパと兵隊』(『民主文学』連載「私の軍隊」改題。KKベストセラーズ刊)なども出版された。

「体はあまり調子よくねぇんだけどよ」

第一〇回「文学のふるさとを訪ねて—東北の旅」(74年5月。案内・田村栄)を企画すると、体調不良をぼやきながらも貸切バスに乗り込んだ。右遠俊郎、及川和男、角圭子、山村房次ら五〇余人の団体になった。花巻では宮沢賢治の実弟、宮沢清六に世話になった。平泉では中尊寺貫主・今東光とロシア文学者の山村房次が金色堂の参道前でバッタリと出会い、「オオッ」と歓声を上げて握手を交わしていた。ご両人は日本プロレタリア文化運動当時の仲間だった。

三泊四日の長旅だったが、戸石は、東和町にある一木彫りの巨大な毘沙門天像をぜひ見せたい、おれが案内するという。それが戸石の目的だった。お国自慢は人一倍強く、郷土東北を誇りにしていた。津軽の太宰を筆頭に、葛西善蔵、宮沢賢治など東北人作家一辺倒、例外は井伏鱒二。「文学教室」でも太宰「満願」、井伏「遥拝隊長」、宮沢賢治は「虔十林公園」をテーマにして熱弁をふるっていた。

自宅書斎での戸石泰一（1978）

『文學新聞』紙上で全面（一頁）特集「作家素描」の連載をはじめた。その第一回（76年10月号）を今後の雛型にするため「戸石泰一」からはじめた。編集委員は、山根献（編集長）、鶴岡征雄（副編集長）、委員・戸石泰一（常任幹事、『民主文学』編集委員、「文学教室」教務委員を兼務）、牧梶郎、山岸一章。インタビュアーは右遠俊郎。それに「自筆年譜」を常設とすることにした。作家の全容を知る資料的価値の高いものにしようと、タブロイド判とはいえ編集委員会の鼻息は荒かった。

「おれは大作家でないことははっきりしているから、これから修行をして、つつましく書いてゆきたいと思っている。一篇ぐらい、他人の慰めや励ましになればいいと思っている」と戸石泰一はあくまで謙虚だった。インタビューは、戸石の自宅、東京保谷市のひばりが丘団地の三Kの一室で行われ、私もカメラ持参で同席した。「その北向きの六畳間は、大げさにいえば、古本屋のように書籍で埋まって」（右遠俊郎）いた。主は無類の読書家だった。私も戸石に煽られて目新しいものを買い込んだ。朗読レコード付『宮沢賢治童話集』（全5巻。中央公論社刊）、同『赤い鳥名作集』（同）などがそうであった。

4　三鷹市下連雀・禅林寺の桜桃忌

太宰治が入水したのは六月一三日だが遺体があがったのは一九日であることは前述した。奇しくもこの日は太宰の三九歳の誕生日となるはずだった。以来、毎年、世話人主任・小山清によって「桜桃忌」が禅林寺で開かれるようになった。戸石も世話人となっていた。太宰の墓が禅林寺にあるのは、「おのが墓は、何卒して鷗外の墓前にこそと、太宰が希望」（伊馬春部）したからである。

第三〇回「桜桃忌」（78年6月19日）の当日、入退院を繰り返していた戸石泰一から電話がかかってきた。

「これから桜桃忌にゆくけど一緒に行かないか?」

私は喜んで待ち合わせ場所の三鷹駅へ向かった。戸石はステッキをついていた。心臓病が思わしくないらしく、足取りも心もとない。「桜桃忌」では、司会の桂英澄に指名されて「太宰の思い出」を語り出したが、すぐにマイクを返してしまった。呼吸が苦しそうだった。それでも墓に行くと言ったが、墓地の周辺は女高生らで黒山の人だかり、近寄ることさえ出来なかった。

「まあいいか」

未練を残して、禅林寺を後にした。私をなぜ「桜桃忌」に誘ったのかが解せなかった。だが、後になって分かった。電話で入院中の代々木病院に呼び出されて仕事をいいつかったからである。

「あのさあ、わるいんだけどよ、ちょっと頼みてぇことがあるんだ。引き受けてくれねぇかな」

戸石はみかけによらず気の弱いところがあった。傍若無人に見えて気配りの細やかな人だった。どうやら頼みごとを言い出しかねていたらしいのだ。居酒屋に行けば、勘定は戸石持ち、話の分かる、気前のいい先輩だった。褒め上手で、筆まめだった。

「ところで、鶴岡君はいくつ? 若いなあ、前途洋々だな」

天性の話術で人をケムに巻いてくすぐるのも巧みだった。

「昔、『新潮』なんかに小説を書いていたんだ。それが今みんなどこかにやっちゃって、何も残ってねぇんだ。小説の題名は覚えているから、それを探してくれねぇかな」

それくらいのことなら私にも出来そうだった。もちろん〝合点承知之助〟であった。

「いつ頃のものですか?」

「昭和三〇年前後ってとこかな」

「どこへいけばありますか?」

「日本近代文学館か国会図書館にならあるんじゃねぇかな」

出版予定でもあるのかなと思ったが質問はしなかった。

「一応、書いたものは手もとに残しておきたいと思ってね」

死後の準備をはじめたのかと、不吉な予感がした。

私は七月末から戸石泰一旧作探索をはじめた。まずは駒場公園内へ向かった。日本近代文学館のある駒場公園の油蟬もまた岩にしみいるほどの賑やかさであった。

小さな抽斗に五〇音順に並べられている作家別索引カードを一枚一枚丹念に探っていると、『新潮』に載った小説「祖先について」(51年5月号)が出てきた。国勢調査に訪れた「隣の左官屋さんの十七になる娘」から、学校に行った年数はと問われて「小学校の六年に中学が五年と、それに高等学校大学で、合計十七年か。おっと、予備校があるから、正確に云えば十八年さ」という一節があった。予備校といっても、代々木ゼミではない。仙台陸軍予備士官学校である。

私は、コピーの束を依頼主に手渡しながら、「丁度、ぼくの二倍学校へ行っていますね」というと、「長いばかりでたいしたことねぇよ。このざまだもの、アッハハハ」と高笑いしていた。国会図書館へも行き、注文の仕事は大方果たしたが、『現在』（同人「現在の会」）に載せたという「ドッチデモ・イイ」だけは見つからなかった。

戸石泰一の葬儀。中央は古山高麗雄葬儀委員長、左へ長男夏夫、妻八千代、田代三良（ひばりが丘団地北集会所、1978/11/2）

七八年一〇月三〇日、病院から投函されたはがきを受け取るとすぐに代々木病院に駆け付けた。いやな予感がしたからである。一週間ほど前に、何度目かの心臓発作を起こし、救急車で搬送されたとき、ストレッチャーを拒み、車からポンと飛び降りた豪傑が、静かに人工呼吸の処置に従っていた。その翌日、三一日午後二時二九分、息をひきとった。死因は、心筋梗塞に急性心不全の併発によるものだった。享年五九。

戸石泰一は、文学賞とは縁がなかったが、「いい小説はすべて民主主義文学だ」といい切っていた。私は戸石から、「三五歳までの〝体験〟が後々ものをいうぞ」と、いわれていた。己が体験から出たことばだったのだろうと思う。

私は、戸石の死んだ日に、文学同盟を依願退職した。リアリズム研究会八ヵ月、文学同盟勤続一二年、三六歳で浪人になった。戸石が死んだから辞めたわけではない。偶然重なったのだ。

退職後の初仕事は、「戸石泰一年譜」作成。同人誌『群狼』主宰の右遠俊郎から、『戸石泰一追悼特集』を出すので「年譜」を作ってくれないかと頼まれたのである。私は、二つ返事で引き受け、渾身の力を籠めて原稿用紙四五、六枚の「年譜」を作りあげた。

島尾敏雄、古山高麗雄らも出席した盛大な一周忌の集いの日になっても、待望の創作集はどこからも出版されなかった。ある日、「戸石の弟子」を自認している熱烈な戸石文学ファン、H夫人から厚味のある封書が送られてきた。作品集が出ないことにしびれをきらしたばかりか、心ある出版社はないのか、と怒っていた。

「だったら出版資金は全額わたしが出しますから、『戸石泰一作品集』をあなたたちで一刻も早く出版して下さい」

H夫人が身銭を切るというのである。そして私に出版のプロデュースをやれというお達しだった。

「わたしの戸石泰一」

H夫人が着物の裾を乱しながら、今にも玄関先に飛び込んできそうな急かしようであった。だが、この申し出を、糟糠の妻、八千代夫人が素直に喜ぶとは、とうてい思えなかった。ましてや、H夫人が金を出したとわかれば妙な噂が飛び交うことは目に見えていた。故人の名誉にかけて、なにより心血を注いだ作品を後世に残すために、名のある出版社から出してほしかった。果たせるかな、戸石泰一生涯三冊目の代表小説集は、新日本出版社が『五日市街道』と題して出版してくれた。水谷光江の美しい装幀画が花を添えた。それは八〇年九月、戸石泰一没後二年目のことであった。

集英社創業85周年記念企画『コレクション戦争と文学』全20巻別巻1「帝国日本と台湾・南方」(12年12月刊)に、佐藤春夫「奇談」、窪田精「春島物語」などとともに戸石泰一の「待ちつづける『兵補』」が収録された。

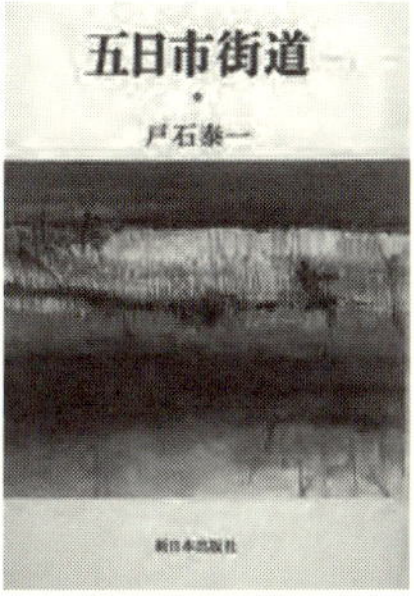

『五日市街道』
(新日本出版社、1980)

X

「海の文学学校」10年間のてんやわんや

1　日本全国で10年連続開催

私は年の暮れになると、全国版の日本地図を事務所の机の上いっぱいに広げて、夏の「文学学校」を何処にするか、首を捻っていた。そんなことを一〇年続けた。第一回は、六九年夏、伊豆七島の新島・式根島、第二回は福島県の裏磐梯・猪苗代湖、第三回は佐渡島、第四回は奥能登・狼煙、第五回は日本海に浮かぶ小さな島・粟島、第六回は、伊勢志摩、第七回は、若狭湾の京都・小橋、第八回が三陸町、第九回は五島列島・福江島、第一〇回が流人の島・八丈島。新島、佐渡島、能登半島、粟島の参加者はいずれも一五〇人規模だった。二回目を除きすべて「海」へ行った。

私は貧乏性なのか、どうせここまで来たなら、ついでにあれも見せたい、あそこにも行きたいと欲が出た。奥能登では、名舟大祭・御陣乗太鼓、金沢では石川近代文学館の新保千代子館長による講演「郷土の作家・鏡花、秋声、犀星」を特別講座に組み、文学散歩の時間枠を作った。また京都・小橋では天橋立見学など景勝地を折り込んだりした。

企画から飛行機、列車、船、バス、宿の手配、講師の交渉、広告の版下づくりから生徒募集や受付まで、ひとりでやっていた。下見もいつもひとり旅、開催地にハズレがあったなら、それは私の眼鏡違いということになる。能登半島一周の狼煙、名舟、金沢の旅は、帰京後、霜多正次から「狼煙に留まっていた方がよかったね」と苦言を呈された。

一〇年もやっているとハプニングも起きた。いちばんてこずったのはなんといっても乗り物のトラブルだった。

最終回の八丈島では、台風襲来で東海汽船が欠航となり足止めを食らった。ふりかえってみれば、乗り物だけでなしに、天候にも振り回された。しかし幸いにも交通事故や人身事故はなかった。

粟島行きでは、三台のバスのうち、一台が船に乗り遅れ、福江島では、チャーターしていた大村飛行場までの長崎県交通の貸切バスが、仲介した日本交通公社の担当者のミスで手配漏れになっていた。電話口で両者が責任のなすりあいをやっているうちに時間がどんどん過ぎていった。飛行機の出発時刻が迫っていた。やむなく一〇台のタクシーを連ねて、「運転者さん、飛行場まで大急ぎでやって下さい」と急かせた。幸いにも羽田行き全日空六五六便はエンジン全開で待機していてくれた。スチュワーデスが、「本来なら団体さんでも特別扱いにはしないのですけど」と笑顔で迎えてくれたときは、九死に一生を得た心持ちがした。

粟島での第五回「海の文学学校」は、七三年七月二七日から三一日までの四泊五日、参加者は総勢一五〇人、手塚英孝のレジュメはいたって簡単で、自著『落葉をまく庭』を読んでおいて下さい、と指示しただけで、あとは「愉快にあそび、よくねむり、からだを丈夫にしてよく勉強しましょう」となっていた。小学校の教室の壁にでも貼っておきたいようなスローガンだったが、これはなにも手塚ひとりだけのことではなかった。夏の海となれば、講師といえども、やはり勉強よりも遊ぶ方がよかったのだ。

第８回海の文学学校（能登・金沢）時に金沢市多町の徳田秋声碑を囲んで。右から平迫省吾、筆者、霜多正次、冬敏之、右遠俊郎、工藤威、土井大助（撮影者不明）

上野駅から特急とき四号で新潟へ。新潟駅前から貸切バス三台に乗り換えて岩船港に向かった。時間に余裕がなく渋滞に巻き込まれでもしたら船に乗り損なう微妙な時間割になっていた。そんなことになったら一大事である。なにしろ船は最終便、乗り遅れたら翌日まで待たなければならないからだ。

一号車と二号車はスムーズに岩船港に到着を果たしたが、三号車が遅れていた。ここには窪田精以下、五〇人が乗っている。事故にでも巻き込まれたかとやきもきしたが如何せん連絡手段がない。一六時五〇分の出港時刻を過ぎても一向に姿を現さない。

「もうこれ以上待てない」

〝定刻主義〟の船長をつかまえて、そこをなんとかとぺこぺこ頭を下げたが、他の観光客から「いつまで待たせるつもりだ」と苦情が出はじめた。

講師は九人、草鹿外吉、窪田精、霜多正次、津田孝、手塚英孝、土井大助、中里喜昭、小沢清、山根献。ここに九人の事務局担当が付いた。民宿も九軒。例えば、詩人でロシア文学者・草鹿外吉班「ロシア文学にみる愛と青春」は、「ふじや」、詩人の土井大助「詩と人生」は「みなとや」、作家の小沢清「生きること・書くこと」は「脇源」というように宿は班別に別れていた。一軒の宿に一〇人から二〇人、人数にばらつきがあったが、三号車の五〇人が島に渡れないとなれば民宿三軒分の夕食はパーになる。これは困ったことになったぞ、なんとしてもバスを待つより手はないと思ったとき、無情にも出航の汽笛が鳴った。船は艫綱《ともづな》を解きゆっくりと湾内を回転しはじめた。そして船は粟島に舵を向けた。

そのとき船尾で悲鳴ともつかない歓声が上がった。岩船港の桟橋に三号車が到着したのだ。バスから続々と飛び出してくる窪田精や事務局員の工藤威らの姿が肉眼で見えたが、時すでに遅し、「もう引き返せません」、船長に冷たく突き放されて、遠ざかる岸壁を茫然と見つめているより仕方がなかった。

三号車の人々は、村上市在住の同盟員、大倉登代治の骨折りで旅館の大広間を確保して、辛うじて野宿は免れたが、おいてきぼりにされたショックは大きかったようだ。バス遅延の原因はなんだったのか、聞いたはずだが、忘れてしまった。食事はどうしたのだろう。町へ出てラーメンでも食べたのだろうか。夜、しょげかえっている面々を元気づけるために、窪田精が自腹を切って一升酒を買ってきてふるまったそうだ。

2　ロシア文学者・草鹿外吉の隠し芸

一方、粟島の内浦の桟橋では、一五〇人の団体を迎え入れてくれる民宿の人々が家族総出で出迎えてくれた。事情を知ってあんぐりと口をあけたまま、途方に暮れているお上さんもいた。それもそのはず民宿では一五〇人分の尾頭付のタイやヒラメの船盛りをテーブルいっぱいに並べてまだかまだかと待っていてくれたのだから、拍子抜けするのも無理からぬことだった。

粟島は、全国の太公望が随喜の涙を流す黒鯛の宝庫、天下の釣り場である。村上市から北西三五キロ、岩船港から粟島までの所要時間は二時間、周囲一八・五キロ、戸数は約一三〇軒、人口約七〇〇人、漁業が主で娯楽施設とよぶべきものは何もない。夏は波静かな〝理想郷〟だった。海水浴場は〝はけの浜〟、白砂の美しい浜辺で遠くに黒く浮かんだ本土のシルエットが横たわっていた。海の家もなければ、パラソルひとつない。見わたす限り白い砂浜が広がっていた。

民宿は二、三年前から漁師がはじめた〝地場産業〟で、三〇軒ほどが看板を出していた。朴訥な人柄と天然自然に恵まれた環境、家族ぐるみのサービスで人気がではじめていた。勉強は午前中だけで午後は海水浴、夜間は自由に好きな作家を訪問出来るカリキュラムになっていた。

第一夜、一〇〇人で一五〇人分の料理は食べきれないと心配していたが、たいらげようぜ、と威勢のいい声が上がった。なにしろ、二十代の若者揃い、食欲旺盛、酒もめっぽう強かった。夜も更けて余興がはじまった。この頃になると、岩船に残してきた仲間のことを忘れたかのように宴もたけなわ、早くも酔い潰れるものも出てきた。宿の主人が三味線を弾き、のど自慢のお上さんが江戸小唄でもてなしてくれた。日本海の離れ小島に突如、深川芸者が登場したかの如き盛り上がりようだった。漁師のお上さんとは信じ難いおつなのどを聴かせてくれたのである。北前船が難破して漂着した通人の末裔かと思わせる色香が漂っていた。やんややんやの喝采が続く中、やおら草鹿外吉先生が立ち上がり、十八番の「十五夜の晩にススキをわけて」を歌い、踊り出した。

草鹿外吉は二八年、鎌倉市生まれ。父・草鹿任一《じんいち》は大日本帝国海軍の中将、海軍兵学校校長などを歴任、提督と呼ばれた軍人だった。校長に就任するや「生徒と共に学ぶをモットーに授業、訓練に参加し、村夫子然《そんぷうし》とした姿と相俟って、生徒達に〝任《じん》ちゃん〟と呼ばれ慕われた」という。草鹿外吉も友人に〝外《そと》ちゃん〟と呼ばれていた。親子とはいえよく似るものである。草鹿外吉の自己紹介もふるっていた。「道草の草、馬鹿の鹿《か》、外道《げどう》の外《そと》、不吉の吉」、噺家顔負け、話芸の達人だった。そういえば髪型も短髪で寄席芸人風だった。

第６回海の文学学校。右遠俊郎（前列左から２人目）班

しかし、大日本帝国海軍提督の息子は共産党員になった。「父は思想信条を越えて息子の味方であった」と草鹿外吉は回想しているが、生まれも育ちも異色の人であった。

この年の四月、早稲田大学文学部非常勤講師に就いていた。師は黒田辰男。専門はロシア文学、翻訳、評論・研究のほか、詩を書き、長篇小説を執筆していた。日ソ協会常任理事、中央労働学院文芸科学務理事、詩人会議副運営委員長、文学同盟幹事、創価学会が火元の「言論・出版の自由に関する懇談会」の世話人代表などなど肩書に枚挙のいとまがない元気印のロシア文学者だった。それでいて陽気で肩ひじ張らないそのひとなつっこい人柄は誰からも愛され、慕われていた。

ある夜、友人たちと新橋のロシア料理店で飲んでいたが、浅草でほおずき市が開かれているというと、「これから行こう」といのいちばんにすっくと立ち上がったのは草鹿外吉だった。才気煥発、行動の俊敏さは群を抜いていた。

「十五夜の晩に……」は、土井大助が著書『末期戦中派の風来記』（本の泉社刊）、「文学運動の曲折と先輩・盟友の死」の章で詳述しているが、壺井繁治の持ち歌だったものを草鹿外吉が「継承」したのだという。しかし、振付は草鹿外吉の独創である。もし草鹿とそっくりに大詩人・壺井繁治が踊ったとしたら、大概の文学好きは笑いが止まらず悶絶してしまうに違いない。

振付はいたって簡単である。「十五夜の晩に」というところは両手を大きく回して満月を描き、それから腰をかがめて片膝をつき「ススキをわけて」となる。ここは両手の甲を背中合わせにくっつけて窓でもこじあけるような仕草をするのだが、その手つきが淫靡なシーンを連想させた。その指の動きに若者たちが過敏に反応した。壺井繁治が色町で覚えた戯れ唄なのかもしれない。

昔、『話の泉』なる大人の雑誌があって、そこに壺井繁治が若い頃、娼婦街を徘徊したことを書いていた。名誉のために書き添えれば、壺井繁治は二階には上がらなかったと念を入れて書いていている。となるとどこで覚えたのか、なぞはなぞのままである。ともかく「十五夜の晩に……」は、若者たちにバカうけした。中には、腹を抱えて笑いころげて死にかけているものもいた。

詩人会議の両雄、草鹿外吉と土井大助は、〝外ちゃん〟、〝土井大〟とくだけた愛称でお互いを呼び交わしていたが、親密なふたりがいるところに笑い声が絶えなかった。

「いまやあの唄を壺井繁治のように洒脱にうたう詩人もいなければ、草鹿外吉のように軽快に無邪気に踊る茶目教授もいそうにないけれど、壺井繁治伝授・草鹿外吉振付の戯れ唄『十五夜の晩……』は、やはり歴史的遺産と思えてならない」(土井大助。前出の著書から)

草鹿外吉
(提供・草鹿光世)

五〇人を岸壁に置き去りにしたうしろめたさと、三味線を掻き鳴らして余興三昧に耽った賑やかな島の一夜は記憶から消えることはない。

三号車の一団は翌日の第一便の船で無事到着、全員が勢ぞろいした。空白の一夜を過ごした三号車の五〇人もまたハプニングを私の知らないところで愉しんでいたようだ。

草鹿外吉、土井大助は福江島でも講師を務めている。草鹿が入るとハプニングが起こる。だが、救いの主でもある。バスが渋滞に巻き込まれて三時間ものろのろ運転になったことがある。うんざりしていると、草鹿外吉がマイクを握り、都々逸でも謡うように、「走らない、走らない、はしらないはずだよ、このバスには柱（走ら）がない―」と即興でやって車中を和ませた。

3　男と女、愛の地獄門

七七年一〇月、私は再婚した。家庭裁判所での調停離婚の末のことである。「火宅の人」となって、五年が過ぎていた。妻子ある男と夫のある女が手を握り合ったのだから、ご他聞に漏れず、修羅場続きであった。私には、七一年一一月一四日に第二子、卓哉が生まれていたこともあり、ふたりの子の親権者をめぐる問題があった。

針の筵の上に座らせられているというべきか、火あぶりの刑にあっているような辛い五年の日々に終わりを告げる裁定が出た。親権者は母親になり、私には、慰謝料、成人するまでの養育費、住宅ローンなど一八年に及ぶ支払義務が課された。離婚届を提出、入籍が可能になったのだ。

私の薄給は、一八年間、ほぼ養育費などの支払に当てられ、再婚相手である澤田章子が教職に就き、家計を担った。娘と息子への愛情を失くしたわけではない。むしろ強くなった。だが、たとえ、地獄に落ちても所帯を持ちたいという強い欲求を断ち切ることは出来なかった。

評論活動をしている澤田章子は、草鹿外吉とも昵懇の間柄だった。それで媒酌人は草鹿外吉、光世夫妻にお願いした。ジグザグの経路を辿っての再婚だったが、私たちの事情をなにもかも知り尽くしていた草鹿外吉は、二つ返事で引き受けてくれた。大田区上池台の拙宅で身内だけのささやかな結婚式を挙げた。草鹿夫妻の出席を得て祝辞を戴いた。荷の重い頼まれごとも、けっしていやとはいわない懐の深い大人《たいじん》だった。

八二年、草鹿外吉は長篇小説『灰色の海』（新日本出版社刊）で多喜二・百合子賞受賞、八八年、日本福祉大学副学長に就任するなど、八面六臂の大活躍をしていたが、恋多き情熱家でもあった。大病を患い、賢婦・光世夫人の献身的な看病にもかかわらず九三年七月二五日死去、六四歳だった。

「海の文学学校」は、多彩な講師陣によって民主主義文学の種が播かれた。全一〇回の皆勤者二名に記念品を贈呈した。参加人員は延べ一、二〇〇人余、男女共二十代が圧倒的に多かった。生徒間の恋愛、結婚は言うに及ばず、先生と生徒、いやいや大人同士の恋物語が漏れ聞こえてきたりもした。

早稲田大学教授の稲田三吉（1925年〜2013年）は、アラゴン研究で知られているフランス文学者だが、八丈島の「海の文学学校」の講師を務めたときに巡り合ったフランス文学の好きな独身女性と再婚、幸福な家庭を築いた。しかし、妻子持ちの恋は、一度、地獄の修羅場をくぐり抜けなければ成就しない。稲田三吉も例外ではなかった。

わが文学同盟議長・江口渙がいっていた——結婚は偶数回がいい、と。議長は結婚すること四回、この御説、不埒と批難されるかもしれないが、信じてもいいのかもしれない。

それよりなにより、多くの参加者から「海の文学学校」が機縁となって〝終生のともだち〟ができたと感謝されたこともある。文学と人生、「海の文学学校」はまさしく「人生劇場」となっていた。名立たる作家、詩人、評論家と寝食をともにするうち、うちとけて心の悩みを告白した若者も少なくなかった。船から投身自殺するつもりで参加したという女子大生もいた。ひとりひとり、笑顔の裏に苦悩が隠されていたのである。自殺をほのめかしていた彼女も話に加わっている内にみるみる明るくなった。「文学学校」は、「私の人生の学校でした」という手紙を貰ったこともある。

常任幹事会で、「海の文学学校」で知り合った同士が結婚しました、と報告すると、蔵原惟人がすかさず、「文学同盟がうみ（海）の親だね」とジョークを飛ばした。キューピットの役目も果たす、出会いの学校でもあった。

だがすべての恋が、バラ色に輝いたわけではない。涙の別れがあり、離婚もあった。私の自宅に滂沱の涙を流してとりなしを求めてきた女性もいた。

草鹿外吉といい、蔵原惟人といいロシア文学者はジョークがお好きだった。ロシア文学者だけではない。蔵原のいうところによれば、小林多喜二は、ジョークもエロ話も大好きだったそうだから、「地下生活」の中でも、元気溌剌としていたに違いない。

4　画家・永井潔の小説論

「海の文学学校」講師として次の同盟員が講師になっている。

永井潔自画像（90歳、2006）

飯野博、稲沢潤子、稲田三吉、岩倉政治、右遠俊郎、及川和男、佐藤静夫、沢田章子（再婚後は澤田）、田村栄、千頭剛、冬敏之、武藤功、山岸一章、山村房次、吉開那津子（前述した講師は省いた）。最多参加講師は土井の九回、右遠、霜多が七回、窪田、手塚は六回。謝礼はなし、文学運動の普及活動を兼ねた事業の一環だったからだ。しかし、

「謝礼なし」というのは問題だ、という声が出て、途中から改められた。

　急病のため「海の文学学校」講師を〝休講〟した作家もいる。戸石泰一と松田解子のおふたりである。

　七一年の佐渡島で松田解子がはじめて講師になった。女性たちからの申込みが殺到、たちまちのうちに満杯になった。ところが出発間近い七月一二日に代々木病院に緊急入院、病名は「骨粗鬆症腰椎骨折」、寝返りすらできない重体だった。

　翌年の能登半島では、戸石泰一が持病の大動脈弁閉鎖不全が悪化、ドクターストップとなった。このとき既にレジュメ「実作上の問題」のプリントが出来上がっていた。

「登場人物がてきぱきと行動し、行動と行動がぶつかりあい、展開し、波らんし、高潮し、やがて一定の解決が来て話が終る。それが小説というものではないか。登場人物の行動の貧困を蔽いかくすために、くだくだしい描写を長々とやらかす小説は、理屈ばっかりいっていてなんにも実行しない人間と同様で、下の下だと私は思っている」

戸石先生、気合が入っているなあ、と心が躍った。だが、そのあとに、「永井潔『シャルダンの背中』」と出典が記されていた。なんだ永井潔の小説じゃないか、とため息が出たが、その後に「賛成である」との同意の一行が加えられていた。

　作家は、作品を書くことによって、何かを蓄積してゆくものであるが、同時に、書くということは、自分の中にあったものを、作品の中にうしなってゆくことである。
また永井潔の引用《ぱくり》かと思ったが、然《さ》に非ず正真正銘、戸石泰一のことばだった。戸石泰一は本腰を入れて「創作の勉強」をやる気でいたのである。

永井潔は画家で日本美術会の重鎮だが、文学同盟の会員でもあった。私は、永井潔の小説も人柄も好きだった。梅崎春生の友人であり、劇作家・永井愛の父であることは既述した。短篇小説集『あぶなゑ』（光陽出版刊）があり、ここに「シャルダンの背中」（初出誌『民主文学』）が収められている。「あぶなゑ」は「春画」を改題した短篇で初出誌はリアリズム研究会機関誌『リアリズム』である。梅崎春生、霜多正次ら東大生が同人誌『寄港地』を出したとき、永井潔が表紙絵やカットを描いていた。

「昔からなんとなく、同人雑誌というか、小説を書く人の周りにいた」と門外漢めいたことをいっていたが、永井潔自身、数々のユニークな短篇をものにしていた文人であり、評論家でもあった。

5　江口渙、壺井繁治、伊藤信吉の思い出

七五年は年明けから葬儀が続いた。文学同盟議長・江口渙が一月一八日、八七歳で死去し

た。父・江口襄は陸軍の軍医、東大医学部で森鷗外と同期だった。密葬は栃木県・烏山町の自宅、私も下働きで窪田精、津田孝、土井大助などとともに出かけて駅前旅館に泊まり込んだ。栄子夫人の希望で戒名は菩提寺に頼まずに土井大助がつけた。

三〇日には東京・青山葬儀場で日本共産党中央委員会と日本民主主義文学同盟の合同葬が執行された。

『文學新聞』でも特集を組んだが、『民主文学』(75年4月号)の追悼特集にはグラビア・江口渙アルバムをはじめ、佐藤静夫、松田解子、松本正雄、水上勉、小牧近江、壺井繁治、橋本英吉、まつやまふみお、猪野省三、山田清三郎、近藤芳美、津上忠、中里喜昭ほか多数が追悼文を寄せている。

近藤芳美が追悼文に書いている江口渙歌集『わけしいのちの歌』には三つの死がうたわれているが、その大半は寵愛していた一粒種、朝江への哀悯、慟哭の歌である。

愛児が亡くなったのは戦火の止まぬ四五年七月一一日、僅か九歳だった。それから妻・孝(朝江の母)、たったひとりの姉、歌の数はあわせておよそ三〇〇首にのぼる。

あわれわがわけしいのちの消えゆくをすべなく見入る児が枕べに

戦争の日に死ぬる児のあわれさは棺を埋めん花もあらなく　渙

それが「二十年筐底《きょうてい》に秘められていた」(近藤芳美)のである。歌稿を世に出したのが、「江口渙歌集刊行会」の人々、十五氏である。宮本顕治、蔵原惟人、岩間正男、舟木重信、まつやま・ふみお、松本正雄、坪野哲久、山田あき、渡辺順三、村田元、大宅昌（大宅壮一夫人）、江口栄子ほかであり、地元烏山の詩人・霧林道義がその音頭をとり、六九年二月一〇日、鳩の森書房から、定価五百円で出版された。装幀カバー画はまつやま・ふみおである。七〇年二月、同歌集が多喜二・百合子賞を受賞後、新日本出版社より豪華本『わけしいのちの歌』が定価二三〇〇円で発売された。

豪華本『わけしいのちの歌』にサインする江口渙
（栃木県烏山市の自宅）

その豪華本五〇冊を版元から買い取り、署名入りで普及することにした。毛筆での署名、それも五〇冊となれば腕力も要る。電話で相談を持ちかけると、議長は即座に快諾してくれた。その頃、東京在住の同盟員で自動車を持っているのは、茂木文子と上釜武ぐらいだった。私は茂木に事情を話し烏山町へ行ってもらうことにした。ブルーバードに豪華本を五〇冊積み込むと、後部座席が沈み込んだ。江口渙は、栄子夫人に墨を磨《す》らせて待ち構えていた。縁側の椅子に座るなり、右腕にお灸を燃やしはじめた。

「これをやると腕が軽くなるんだ」

八三歳の高齢にも関わらず、私たちの見ている前で五〇冊すべてを毛筆で署名してくれた。豪華本は完売となり、よけて置いた私の分まで売りつくした。

その後、作家の間宮茂輔、文芸評論家・小原元、ハイネやゲーテ研究で知られるドイツ文学者の舟木重信、九月四日には壺井繁治と訃報が続いた。金子光晴も死んだ。

一二月、「文學新聞編集部主催の「水曜サロン」に詩人の伊藤信吉をゲスト講師として招き「ことし別れた人」と題して、金子光晴、壺井繁治について語ってもらった。伊藤信吉は、金子、壺井とほぼ同時代を生きて来た詩人だが、〝親しみとへだたり〟を感じていたという。そのあたりを聴き出そうとしての企てだった。

伊藤信吉（1906年〜2002年）の案内・解説を目玉にして七一年一一月二〇日から二一日にかけて、萩原朔太郎、萩原恭次郎、山村暮鳥など上州の詩人を巡る第六回「文学のふるさとを訪ねて」を行った。宿は赤城山の大沼湖畔の緑風荘、朗読は女優の岩本多代。群馬県元総社が伊藤信吉の故郷である。

敷島公園にある萩原朔太郎の詩碑のまえで伊藤信吉の解説、岩本多代による「月に吠える」の朗読を聞いた。浅草仲見世の商店街に使われている赤レンガは前橋刑務所の囚人たちの手によるものだということも伊藤信吉に教えられた。

伊藤は萩原朔太郎、室生犀星に師事した詩人であり近代文学研究者であるがカメラもいじった。重いカメラと三脚を担ぎ群馬や栃木など北関東を旅している。

「江口渙さんのお宅の前を通りがかったが、立ち寄らなかった」

私がどうしてですか、と尋ねると、

「なんだか気後れがしてね」

と、照れ笑いをした。詩集『天下末年』（『民主文学』連載、1977年・新日本出版社刊）で七七年度の多喜二・百合子賞を受賞しているが、このとき伊藤は頑なに固辞している。「わたしには非転向作家の名前を冠した賞を貰う資格はない」というのがその理由だった。『天下末年』の巻末につけられている著者の「覚え書」にはこんなふうに書かれている。

「自分の作品が、プロレタリア文学のすぐれた業績を遺した二人の名を冠した賞をいただくに価するや否や、ということで多少まごつきましたが、、受賞したからには、歴史的視野に立って書き継ぎ、何らかの人生に役立つもの、自分の人生論に副うものを作り、それに応えてゆきたいと思っています」

伊藤信吉

〃プロレタリア運動から脱落離脱〃した過去の傷にこだわっていたのだ。日本共産党中央委員会から度々使者が訪れ、「説得された」らしい。その筆跡に似て、ものごとをあやふやにすることなく、厳しく自己を律する誠実・無垢な詩人だった。ヨシヱ夫人が亡くなって三年後の九一年春、松山達枝作品集『赤い襟章《えりしょう》』を伊藤信吉編で自費出版した。松山達枝はヨシヱ夫人の筆名である。

戒名無き妻の墓銘や彼岸花　信吉

ヨシヱは、昭和の初期に東京市バスの車掌に採用され、新宿車庫に配属された交通局の活動家だった。『前衛詩人』に詩を発表、全日本無産者芸術団体協議会の機関誌『ナップ』の編集にも携わった。「赤い襟章」は三〇〇枚の構想ではじめた長篇小説だが六〇枚で中断した。詩篇なども収めて亡き夫人への追悼としたのである。九四年二月七日付のはがきにも一句。

春立つや日々のろのろののろま唄　信吉

伊藤信吉著『佐藤緑葉の文学―上州近代の作家』(塙新書、99年刊)は、郷土に埋もれていた作家の発掘に情熱を傾けた労作だった。伊藤は九〇歳台になっても、郷土の作家を発掘・再評価しようとしていた。

私は「民衆詩派の運動」だの「上州大逆事件」だの、やりかけの仕事があるのにもうすぐ93歳、困りました。(伊藤信吉からのはがき。99年5月16日付)

私の郵便物ファイルの中で、ダントツに多いのが伊藤信吉からのはがき類である。贈呈本や書簡、はがきには署名、落款があり、ときには自作の句も書き添えられていた。

ふるさとは風に吹かるるわらべ唄　信吉

話は前後するが、七〇年一〇月には、壺井繁治に同行してもらっての第四回「文学のふるさとを訪ねて」小豆島の旅を実施した。小豆島は壺井繁治、栄夫妻の生まれ故郷である。「二十四の瞳」を中心に同郷の黒島傳治、播磨灘で投身自殺した詩人の生田春月、小豆島が終焉の地となった漂白の俳人・尾崎放哉らの足跡を訪ねた。長篇小説『旗』(67年)で鮮烈デビューした吉開那津子も企画部員として同行した。

壺井繁治と筆者
(小豆島 1970/10　撮影者不明)

七四年一〇月には、講座「日本女流作家考」(全16講座、通し申込み200名)で妻・壺井栄の代表作「暦」について語ってもらった。伊藤信吉は「中野鈴子」を論じた。交渉は電話でしたのだが、壺井繁治は「おれが女房の話をするのかあ、それはどうもしゃべりにくいなあ、勘弁してくれよ」と逃げ腰だった。結局、私の粘り勝ちとなった。大詩人が亡くなる一年前のことである。だが今となって見ればこれが妻・壺井栄の文学について論じた生涯唯一の記念すべき講演となった。録音テープを原稿化、『文學新聞』に三回に分けて連載した。この講演で壺井繁治は、栄の誕生年がそれまで一九〇〇年となっていたが、没後、年譜作成（戎居仁平治）の過程で誤りとわかり、一八九九年に訂正したと述べた。古い広辞苑や文学事典では一九〇〇年生まれとなっていたのである。生地・坂手には栄の自筆による文学碑が建立されている。

桃栗三年
柿八年
柚の大馬鹿十八年
壺井　栄

辛抱づよく年月を重ねて実を結ぶ柚と、我が身の半生を重ねたのか、栄が好んで色紙に揮毫していたという。

第一回・新島の「海の文学学校」から四五年、講師を務めた草鹿外吉、窪田精、霜多正次、手塚英孝、小沢清、岩倉政治、佐藤静夫、田村栄、千頭剛、冬敏之、山岸一章、山村房次、それから松田解子、戸石泰一等々の諸氏は既に鬼籍の人となっている。江口渙追悼号でも水上勉など大家の名前を挙げたが、大半が没し、現役は津上忠や土井大助となりさびしくなった。だが故人から教えを乞うた人々は実に多い。世界に例のない民主主義文学運動は、今、バトンを受け継いで二代、三代の新世代が担っている。

XI

爆発的な人気を博した「日本女流作家考」

1　小さな教室から新人作家輩出

七五年一月三〇日、「江口渙合同葬」が青山葬儀場で行われたその頃、私は日本民主主義文学同盟「新事務所開設五百万円基金募集」の金が思うように集まらぬため、事務所に泊まり込んで第二次の訴えにしゃかりきになっていた。一月末が「五百万円募金」の締切日だったが、集まったのは九〇万円、わずか一八パーセントに過ぎなかった。二月末段階になっても二四パーセントに留まっていた。「文学同盟創立一〇周年記念事業」と銘打ってはいたが、入居中の麹町マンション側からビルの建て替えの通告があり、新事務所移転資金づくりに迫られていたのである。引っ越し先には既に手付金を払っていた。なにがなんでも敷金・権利金をつくらなければならなかった。

市ヶ谷の一口坂から麹町マンションに移転したのは六六年一二月一九日、それから八年、この間、ワンルームのスペースで「文学ゼミナール」を開講、狭いながらも新人育成のため

山口勇子
（撮影者不明）

の事業活動を続けてきた。「創作ゼミ」「近代文学ゼミ」の二コース、定員は各二五人。「文学ゼミナール」のロゴは江口渙の揮毫によるものである。

第一期「創作ゼミ」の講師は西野辰吉、霜多正次、円乗淳一、「近代文学ゼミ」は、篠原茂、中村新太郎、壺井繁治。両コースとも一講師が週一回全四回を担当した。壺井繁治は「石川啄木の文学」について四週にわたり講義を行った。

その後、「文学ゼミ」は「本科」「研究科」に衣替えした。講師陣もまた新しい世代に交代していった。卒業生には、冬敏之、稲沢潤子、井上通泰、工藤勢津子、中川なごみ、坂井実三、山形暁子、野村勇、井上猛、上釜武、小沢アイ子、荒砥冽、桜井幹善、芥川賞を受賞した重兼芳子などがいた。いずれもその後、『民主文学』に作品を発表している面々である。これは私が在職した七八年秋までのことで、その後、今日までに登場した新人となると数えきれないほどになる。

変り種では、絵本「おこりじぞう」の作者で児童文学者として名を成していた山口勇子が、「大人の文学について勉強したい」といって通っていた。山口勇子は、その後、長篇小説「荒れ地野ばら」で多喜二・百合子賞を受賞（82年）、文学同盟副議長に就任した。稲沢潤子も多喜二・百合子賞を受賞、『民主文学』編集長、文学会会長を歴任した。冬敏之は幹事、常任幹事を務め、六七歳で亡くなる直前に、『ハンセン病療養所』で多喜二・百合子賞を受賞した。

2　馬場あき子の「与謝野晶子論」

麹町マンション時代の掉尾《ちょうび》を飾ったのは、七四年一〇月に開催した「日本女流作家考／その生と文学」（全16回）だった。この企画は爆発的な人気を呼んだ。「文学教室」の歴史の中で最高の聴衆を集めた連続講座である。会場は生協会館ホール、取り上げた女流作家は樋口一葉を筆頭に日本文学史にその名を刻む一六人、壺井繁治が妻・壺井栄の文学を初めて講義するなど話題性に富んでいた。カッコ内は講師名。

樋口一葉（小原元）、与謝野晶子（馬場あき子）、田村俊子（丸岡秀子）、林芙美子（窪田精→右遠俊郎）、中野鈴子（伊藤信吉）、野上弥生子（沢田章子）、大田洋子（江刺昭子）、壺井栄（壺井繁治）、大原富枝（稲沢潤子）、松田解子（田村栄）、芝木好子（松原新一）、住井すゑ（西垣勤）、有吉佐和子（千頭剛）、瀬戸内晴美（佐藤静夫）、岡本かの子（戸石泰一）、宮本百合子（中里喜昭）。

マス・メディアでも、「女流作家隆盛の時代」などと書きたて、毎日新聞社版『現代の女流文学』全八巻など出版物も盛んだった。男性作家を加えず「女流作家」一色にした企画が新鮮だったようだ。私は、担当者として毎日新聞の電話取材を受けたりもした。記事は『毎日新聞』一〇月一四日付に掲載された。以下はその抜粋である。

日本民主主義文学同盟は、今月初めから東京・代々木の生協会館で文学教室「日本女流作家考―その生と文学」を開講している。第一回の「樋口一葉」「与謝野晶子」から始まってこれまでに四回、八作家を消化、二六日の「岡本かの子」「宮本百合子」までに一六作家の作品と人を浮かび上がらせる目標だ。

「こんどが九回目の文学教室なんです。これまでの参加者が百人前後だったので会場は一五〇人までのところにして、定員は一三〇人にしたのですが、二〇〇人以上も殺到、補助イスを出しても入り切れず、お断りした方もずいぶんあります」と日本民主主義文学同盟の担当者。参加者は男性が一割ほどで、あとは高校一年生から七〇歳近い女性まで。

女子高生は確か三人連れだった。見出しには、「女流文学さかん」「文学教室は定員オーバーのにぎわい」など景気のいい文字が躍っていた。

歌人・馬場あき子は、女性の官能をおおらかにうたった与謝野晶子の歌集「みだれ髪」を中心に、その歌と生き方にみられる自由と奔放さについて語った。堺の商家に生まれた晶子は、髪をふりみだしながら収入のない夫にかわって原稿料で生活費を補い、鉄幹との間に生まれた一二人の子育てに孤軍奮闘した。馬場あき子はほぼ六歳しか違わない樋口一葉と晶子の着物の着方を引き合いに出した。士族意識の強い家庭に育った一葉は帯をきつく締め、襟元をしっかり合わせる着方をしている。これに対し、晶子はだらしなくみえるほどグズグズに着ている。それは晶子が商家育ちだからで、働く女は腰ひも一本がきっちり締っていさえすれば上半身が乱れていても構わない。むしろ手足が自由でなければならないのだという。

「日本女流作家考」で「中野鈴子」について語る伊藤信吉　（1974/10/8　東京・生協会館）

同時代であっても生まれ育ちによって女性の生き方、貞操観や恋愛に対する態度が大きく異なることを、女性ならではの観察力と説得力をもって説き、歌人、思想家として一世を風靡した晶子の自由と奔放さの由来を浮き彫りにした。

「こんなにドキドキしながら講演を聴いたの初めてです」

二次会の席で顔見知りの女性が、興奮冷めやらぬといった面持ちで余韻にひたっていた。火柱のような人生を三十《みそ》一文字《ひともじ》から読み解いた馬場あき子の慧眼に大きな拍手が鳴りやまなかった。

講師に馬場あき子を指名したのは戸石泰一だった。馬場あき子は、六〇年安保では、教職員組合の婦人部長としてデモに参加したという。この当時、馬場あき子は東京都立赤羽商業高等学校定時制の教師だった。

窪田精から好きな女流作家は「林芙美子」だと聞いていた。チャンス到来、このときとばかり、窪田精に「林芙美子」についての講演を依頼、オーケーを貰っていた。ところが講座の出番直前になって断りの電話がかかってきた。「だめだ、出来ない」と白旗を上げた。理由を尋ねても「とにかくだめだ。勘弁してくれ」というばかりだった。「林芙美子」は二日目だった。開講早々に講師変更は出来ることなら避けたかった。「なんとかなりませんか」と翻意を促したが、「だめだ」の一点張りで埒が明かなかった。右遠俊郎がピンチヒッターを引き受けてくれたからよかったものの、一時は顔から血の気が引いた。

壺井繁治の講演「壺井栄」の全容は『文學新聞』に三回にわけて掲載したことは既述したが、ほかの講演は惜しいことにどれひとつとして活字になることはなかった。

3 炭鉱の街から登場した作家・八尋冨美とその死

この頃、私には九州・福岡に気になる「女流作家」がいた。『民主文学』の新人・八尋冨美である。八尋冨美のデビュー作は、愛しあった男が炭鉱の落盤事故に襲われる「婚約」だった。『民主文学』同人誌・文部誌推薦作特集（71年12月号）の入選作である。惜しくも「優秀作」とはならなかったが、トップに比べても遜色のない力作だった。

八尋冨美は、三六年生まれ。一〇歳のとき、母子七人、「満州」から引き揚げて、筑豊の炭鉱に住み着き、学校は中学二年でやめて、ラーメン屋で働き出した。

私は逆境の中で文才を育む努力の人を好きだったし、尊敬していた。

一三、四歳で子守、住み込みの八百屋の店員、お針子見習い、パチンコ店などを渡り歩き、十代で母と死別している。長姉は「女中奉公」、次女は「赤線」で身をひさいでいた。八尋冨美は手に職をつけるため一七歳のとき一度は飛び出した洋服屋に戻り、仕立て職人の修業に励み、やがて自立した。

炭鉱街の親なしっ子の貧乏育ち、学歴もなく姉は売春、弟は非行に走った。それらが八尋冨美の作品世界の母胎になっている。トラックの運転手をしているその弟さんについて、八尋冨美は霜多正次への手紙に次のように書いている。

人間は善いんです。情にもろくて、気っぷが良くて、淋しがりやで、きょうだい思いで、まっとうに生きたい、人並みな生活がしたいと思いながら、貧しく学歴もなく、思慮分別も根気もなく、何をやっても失敗してヤケになってぐれていったのだと思います。

八尋冨美は、無知、貧困、堕落の渦巻く悲しくやるせない、苛烈を極める泥まみれの血族の悲しみを小説に紡いだ。

その後、「初潮」「男結び」「解体」「筑豊の女」「職人の譜」「筑豊の冬」を発表して注目された。しかしデビューから僅か四年後、「姉」(76年1月号)が遺作となった。自死したのである。同年六月一一日のことだった。四〇歳。

私は、八尋富美とは一度も会ってはいない。自殺の動機は知る由もないが、同人誌仲間の妻子ある男との関係で悩んでいたという噂は耳にしていた。江戸草紙のなにやらには、女が死ぬるのは色恋ぬきにはありえない、と真しやかに書かれているが、「八尋富美」を自殺に追いやったのは何だったのか。霜多正次はその早まった死を悔やしがっていた。

『文學新聞』に八尋富美追悼文を霜多正次に寄稿して貰った。紙面には遺影も載せたが、その写真は、『文學新聞』七四年新年号にエッセイ「楽屋の正月」を寄稿してもらったとき、ご本人から提供して貰ったものだった。

七四年夏、八尋富美が作品集出版の相談のため東京に来ていたことを後になって知った。汐文社が出版企画のリストに上げたらしく、その解説を霜多正次が書くことになっていたという。その打ち合わせのために、二人は東京で会っていた。だが、八尋富美は、霜多正次に生い立ちや文学観についても多くを語らなかったという。

私はどちらかというと閉鎖的で融通が効かず、頭の回転がのろくて口下手で人づきあいはよくありません。自分で自分が嫌になるくらいどうしようもない人間です。

（前出の手紙から）

『八尋冨美作品集』の出版話は、なぜか、幻となって消えた。活字離れが言われ、出版物が売れなくなっていたからかもしれない。

最近（2013年秋）になって、八尋冨美が属していた福岡県の文学同人「現実と文学」の会から「八尋冨美追悼特集号」（76年12月発行）が出ていたことを知った。そこに、彼女の「かまどの前からの出発」という短いエッセイが再録されていた。

その家には大きな本棚があった。（略）もう十数年前のことだから、私はたしか一五歳ぐらいだったと思う。他人の家に住込んで働くのは、そこが初めてではなかった。両親に死なれ帰る家もない私は、いわば他人の家を転々としながら生きていた。（略）そんな私に一つの欲求が生まれたのは、その本棚のある家に住込んでからだった。掃除をしに書斎に入るたびごとに、本を読んで見たい！　という思いが私の内部でどうしようもなくふくれ上っていった。その思いにつき動かされ、ある日とうとう本棚の中から一冊の本をぬき取ってしまった。忘れもしない、井伏鱒二の「山椒魚」

「八尋冨美追悼特集」を掲載した福岡県の同人誌『現実と文学』14号（1976/12）

だった。井伏鱒二が特に好きだからというわけではなかった。それどころか、私は、その作家の名前さえ知らないのだった。その文庫本をえらんだのは、うすくて小さいから前かけのポケットに入れても分かるまいという理由からだった。(略) 朝の隠れた読書は奥さんに発覚してこっぴどく叱られるまで続いた。


八尋富美を文学に近づけたきっかけは、盗み読みした一冊の文庫本だった。

「無知な私が、人間にとって何が一番大切かということを教えられたのも、自分がどの階級に属するかをしったのも文学を通してであった」と書いている。

八尋富美没後三七年になるが、未だに彼女の作品集が出たという話は聞かない。私はいまでも時々、彼女の作品が読みたくなる。

「男結び」には、母と採炭夫の義父がおりなす房事のありさまが綿密に描かれている。それをみつめるのは娘の「咲子」である。

枕から頭を落し顎をのけぞらした母の胸に、裸の背をみせた義父がかぶさるように顔を押しつけていた。(中略)ふたりはそのままの姿勢で、ともづなを切られて暗い海へ流されてゆく舟のように、長いこと揺れていた。

やがて「ふたりは、深い海に沈んでしまったかのように静かに」なるさまを冷徹な目でみつめ、正確に描写している。「咲子」が八尋富美だとすれば、その記憶力に驚嘆する。画家はスケッチをして作品をつくるわけではない。記憶を基にして描くんだ、といった友人の画家がいたが、作家もまたそうなのかもしれない。恐ろしい程、リアルな房事の描写は臨場感に満ちている。鬼気迫るその無類の筆力に、この女性はいったい何者なのか、と思った。

文学同盟初の短篇小説集『現代短編小説集』(72年4月。東邦出版社刊)に八尋富美の「初潮」をリストアップしたのだが、最終選考で落とされた。「思想性がない」「駆け出しだ」などの意見によってはじかれたのである。憤懣やる方なかった。「天才の将来性を占うのは、一作で十分だろう、わからず屋の大ばかやろう」と罵声を発しかけたが、私はその罵声を握りこぶしの中に閉じ込めた。

4　六番町に新事務所と「文学教室」設置

七五年三月一〇日、新事務所に移転した。千代田区六番町六、三栄ビルの四階。麹町マンションの約二倍、七三㎡(22坪)のスペースがあり、五〇人が収容できる講座室も出来た。募金は一向に伸びなかった。常任幹事会はやむなく「借入金」の追加募集などをしてどうにか契約に漕ぎ着けた。綱渡りの金繰りだった。

間取りにゆとりがあり、講座室の奥に編集、事務室をつくった。常勤者五人分の机も並び、書庫も拵えた。ピカピカの長テーブルを備え、クロームメッキのしっかりとした折畳式のパイプ椅子を五〇脚買い込んだ。大きな黒板を取り付けると教室らしくなった。床にはカーペットを敷き詰め、カーテンも新調した。買い物好きの私はひとりでデパートへ出掛けて品揃えをした。茶道具は、新宿区若松町の諸国民芸店・備後屋で益子焼のものを購入した。

益子焼の村田元の窯場には、江口渙の紹介で訪れていた。村田元は陶芸家となる前、昭和の初期には画家として活躍していた。戦旗社版の小林多喜二『蟹工船』の表紙も手掛けている。浜田庄司、島岡達三、バーナード・リーチらの益子焼とは意趣を異にする村田元の窯のものが好きだった。農民が野良仕事のくつろぎに使うような茶道具に向いている。事務所の湯呑みはリア研時代のもので青い水玉模様のある瀬戸物だった。村田元の陶器を買う余裕はなかったが、それでも村田元風のものを選んだ。

「いいじゃないか」

私は、完成した事務所を見回してご満悦だった。同僚たちは、私がマイペースで物事を進めるのがおもしろくなかったのか、少しも嬉しそうな顔をしなかった。ともかく、麹町マンションはワンルームだったから、文学ゼミのある夜は生徒に机もろとも〝占領〟されて、仕事にならなかった。しかし、こんどは残業も可能になった。

ただひとつ気がかりだったのはエレベーターがないことだった。『民主文学』の搬入、発送時の上げ下ろしの苦労は覚悟していたが、著名な老先生にこの長い階段を上って貰えるかどうか、それが最大の気がかりだった。

三栄ビルのお隣は、吉行淳之介の母校、千代田区立番町小学校の校舎である。四ツ谷駅前には、上智大学、学校法人雙葉学園があった。新事務所の四階の窓から番町小学校のプールや厨房が見えた。近くに自治労会館、泉鏡花宅跡や日本テレビなどがあった。

念願の「文学教室」開校式は七月一九日、麹町マンションでの「文学ゼミナール本科」を継承、第一九期からのスタートとなった。学長は議長の霜多正次、教務主任は副議長で東京教育大学教授の佐藤静夫。毎週二回、全五〇回、六ヵ月の長丁場である。募集定員は五〇人。受講料は二万八千円。会場はもちろん新事務所である。講師陣は同盟員と外部からの招聘、それぞれ半々、「本格的な文学教室」をキャッチフレーズにした。

既述したように、私は七八年秋に文学同盟事務局を依願退職している。そのため「文学教室」に関わったのは五期、三年、第一九期から二三期までとなる。

六番町の階段を上った著名人は、「文学教室」の講師だけではない。未達成だったとはいえ「文学同盟創立一〇周年記念事業・五百万円募金」によって開設した事務所であり、「講座室」である。一日たりとも遊ばせておくのは、募金応募者に申し訳ないし、もったいないと思った。

「文学教室」は、火曜・木曜の週二日、「文学ゼミナール・研究科」は金曜日、そして週末は「土曜セミナー」、文學新聞主催「水曜サロン」など、会場をムダなく「有効活用」するため、新企画を増やしていった。

仕事とはいえ、この三年間が「私の出会った作家たち」の最も出会いの多かった幸福な期間となった。この三年間ほど各界の著名人に接した濃密な至福の時間はなかった。なにしろ、「文学教室」は全五〇日、講師も延べ五〇氏、三年間で延べ二五〇氏になる。

「土曜セミナー」では、水上勉による「宇野浩二」、野口冨士男による「永井荷風」、小山内時雄による「葛西善蔵」、伊藤信吉による「萩原朔太郎」、新劇俳優・佐々木孝丸による「種蒔く人」など、最高・最適の講師を迎えて「大正文学」講座が実現した。

5　近藤忠義教授の「近松門左衛門の文学」と心中論

「水曜サロン」には、前進座の女形、五代目・河原崎國太郎による「女形について」をはじめ、新内の岡本文弥などジャンルを越えた一流のゲストを招いた。七五年一二月二四日には、詩人・評論家の伊藤信吉に「ことし別れた人」と題して、江口渙、村野四郎、金子光晴、壺井繁治を語っていただいた。伊藤は、四〇年の空白をおいて詩作をはじめた自身の心境をも語った。こうした企画が出来るのも自前の「会場」を持てたからこそである。

　近藤忠義教授にお越し願ったのは七六年一月二八日のことである。国文学の〝社会歴史学派〟の草分けで、『日本文学原論』の著者であり和光大学教授の座にあった。演題は「近松門左衛門の文学」、約四〇人が集まった。近藤忠義は一九〇一（明治34）年生まれ、一八九五（明治28）年生まれの文弥に比べれば年は六歳ほど若かったが、足腰が弱っていた。六番町の階段を自力で上るのはとうていムリな様子だった。交渉に当ってくれた小林茂夫が長い階段を見上げて困惑していた。私はこの手しかないと思い、老教授の前にしゃがみこんだ。背中に乗って貰ったのである。

　老教授を背負って階段を一歩踏み出した途端、あれっ、と思った。見掛けは体重のありそうな長身の老教授だったが、おぶってみるとそうでもなかった。ふんわりとしていて、そのあまりの軽さに驚いたのである。

近藤忠義が激賞した映画「近松物語」のポスター

　老教授は「心中天網島」を中心に愛を論じ、古典文学の意義を語った。開口一番、「具合いが悪くなったら、この床にバタッと倒れてしまえばいいんですよ」といった。「近松の講義が終ったら、ここでこのまま死んでもいい」ともいった。忘れられないのは、話が映画「近松物語」（溝口健二監督。54年公開）に及んだときだ。大経師の手代・茂兵衛に長谷川一夫、師の後妻おさんに香川京子、ふたりは不義密通の汚名を着せられて、師の怒りを買い、家を逃げ出した。いつしかふたりの間に真実の愛が芽生え逃避行を続けるが、捕えられて、刑に処される。

老教授は、処刑寸前の道行がいい、と興奮気味に語った。原作は近松の「大経師昔暦」、脚本は依田義賢。老教授は、「ラストがいいですよ」といって、しきりと映画を見るように薦めていた。

「古典文学だけを読み、現代文学を読まないのはダメだが、現代文学だけを読み古典文学を読まないのもいけない」

最後は文学でしめくくった。近松を愛した老教授の古典講座は、聴講者の胸をときめかせた。そしてこの夜の一言、一言が〝社会歴史学派〟の生みの親である老教授の遺言になった。それから三ヵ月後の四月三〇日、近藤忠義が他界したからである。

6　「文学教室」の講師に木下順二など著名作家招聘

「文学教室」三ヵ年、全五期の講師名を分野別に記す。霜多正次や窪田精のように五期連続の人もいれば、一度だけの講師もいるが、回数は省く（五〇音順、※印は招聘講師）。
【作家】※飯沢匡　※池田みち子　稲沢潤子　今崎暁巳　右遠俊郎　及川和男　小沢清　※木下順二　※金石範　窪田精　※黒井千次　※郷静子　※後藤明生　※佐江衆一　早乙女勝元　霜多正次　※島尾敏雄　住井すゑ　※高井有一　張斗植　手塚英孝　※寺島アキ子　戸石泰一　中里喜昭　※夏堀正元　西口克己　※畑山博　早船ちよ　※藤原審爾　冬敏之　松田解子　※三浦哲郎　※宮尾登美子　山岸一章　吉開那津子　※李恢成
【劇作家】※大橋喜一　津上忠　土屋清　村山知義
【詩人】※安西均　※伊藤信吉　※許南麒　※黒田三郎　※小海永二　土井大助　※増岡敏和

文学教室で自作「野」の創作体験を語る三浦哲郎　（1975/9/9）

【評論家】※荒正人　飯野博　※伊豆利彦　※伊藤知巳　※伊藤成彦　※岩崎昶　※尾崎秀樹　佐藤静夫　※嶋岡晨　菅井幸雄　田村栄　津田孝　※中島丈太郎　中村新太郎　沼田卓爾　※野田宇太郎　※林文雄　林田茂雄　※松浦総三　水野明善　武藤功　※山田和夫
【児童文学】※斎藤隆介

【画家・版画家】※井上長三郎　※小野忠重　永井潔
【映画監督・演出家】※厚木たか　※新藤兼人　※広渡常敏　※若杉光夫
【歌人】※岩田正　※近藤芳美
【俳人】※金子兜太　※沢木欣一　※古沢太穂　※森澄雄
【学者・外国文学】※秋山虔　※一海知義　※井上正蔵　※乾孝　※伊藤虎丸　稲田三吉
※大江志乃夫　※神山恵三　※川本邦衛　草鹿外吉　※桜井徳太郎　角圭子　※高木教典
※竹内真一　※津田秀夫　※野本秀雄　※松島栄一　※丸山昇　※山科三郎　※山村赤人
※横山正彦
【音楽家】※安達元彦　※井上頼豊　※林光　※山根銀二
【ジャーナリスト】※小林登美枝　※本多勝一
【俳優】※宇野重吉　※岡田嘉子

7　牛久沼・住井すゑ訪問、女優・岡田嘉子の「女性の生き方」

七五年一一月、第一九期生五三名の内三五人ほどを引率して、牛久沼畔の住井すゑ宅を訪問した。当初、通常通り六番町で講義を行う予定だったが、「こっちへいらっしゃい」という住井すゑの一言で「作家訪問」に切り替えたのだ。作家宅へ直に出掛けたのは後にも先にもこのときだけだ。上野駅から常磐線に乗り牛久駅で降りた後は、てくてくと田舎道を歩いていった。ところが思っていた以上に道程があった。

「もう少し、もう少し、といっているけどどこまで歩けば着くのですか」

おかんむりの女性陣から突き上げられて、晩秋だというのに私は冷や汗をかいた。私はいつも牛久駅からすぐにタクシーに乗っていたため目測を誤ったのだ。しかし、高台に建つ住井すゑ邸の庭に立つなり一同は一斉に歓声を上げた。中には牛久沼の景観に感激して崖道を駆け下りてゆくものもいた。住井すゑの話は、庭の芝生に腰を下ろして聴いた。遠出した甲斐は十分にあったようだった。

牛久沼の住井すゑ（中央）を訪問。
庭で講義を聴く　　　　（1975/11）

第二二期、七七年九月六日、女優の岡田嘉子を六番町にお迎えした。有名女優を迎える生徒たちの顔つきもいつもと違っていた。七二年にソ連の「文化大使」として里帰り、長期滞在中だった。前年の七六年には、映画「男はつらいよ　寅次郎夕焼け小焼け」に宇野重吉とともにゲスト出演、新劇や大衆演劇の舞台などにも出演、話題をさらっていた。

「質問して下されば、何でもお答えします」

タイトルは「女性の生き方」となっていたが、質問者のロシア文学者・草鹿外吉が、多岐に亙る話題を引き出してくれた。

「女性の生き方」を語る岡田嘉子
（文学教室　1977/9/6）

演出家で日本共産党員の杉本良吉と手に手をとって三七年の冬、樺太国境を越えソ連に越境、GPU（後のKGB）の取り調べを受け、入国後三日目にはふたりは引き離され、それきり会うことは出来なかった。杉本良吉はスパイ容疑で銃殺刑の判決を受け処刑され、岡田も獄中送りとなった。だが、岡田嘉子が杉本良吉の銃殺を知ったのは里帰りする直前のことだったという。話はおぼろげにしか覚えていないが、カメラから覗いた伝説の美貌女優は、微笑んでいてもどこか寂しげな影が漂っていたことは、強く記憶に残っている。

一〇月一一日には作家の大岡昇平による「小説についての感想」の講座が決まっていた。ところが家人から急病のため御茶ノ水の順天堂医院に緊急入院したとの知らせが入った。霜多正次と連れ立って病院へ見舞いに出掛けたが「面会謝絶」となっていた。千疋屋で買ったメロンをナースステーションに託して引き上げざるを得なかった。大岡昇平から快諾のはがきを受け取ったときのはしゃぎようはどこへやらしょんぼりとして順天堂医院を後にした。大岡昇平の話題作、小説『事件』が新潮社から刊行されたのはその月のことである。『事件』は戦後最大のベストセラーとなった。大岡昇平のピンチヒッターは冬敏之にお願いした。

宮尾登美子は和服姿で現れた。あいにく雨が降っていた。玉虫色のコートを着て、下駄には泥除けのカバーがついていた。雨に濡れた紺色の蛇の目傘を片手に六番町の階段を静かに上って来た。宮尾登美子からこのとき「てみやげ」をいただいた。身につけていた唐桟の着物地をほぐして装幀にしたという自費出版の『櫂』を進呈してくださったのである。その稀《き》覯《こう》本に毛筆で署名がしてあった。

藤原審爾はもっとも強く「文学教室」に肩入れしてくれた作家である。「秋津温泉」、「新宿警察」、「赤い殺意」など映画化された作品は数知れぬといっていいほどあるが、小説「死にたがる子」などが新日本出版社から刊行されている。新人作家の育成には殊の外熱心で、日本文学学校のころから薫陶を受けているという文学同盟員もいた。「文学教室」の講師を依頼をすると二つ返事で引き受けてくれた。杉並の自宅から六番町まで、その都度、夏美夫人がキャデラックで送迎していたことを、後々になって夫人から聞いた。講師料といっても交通費程度のものだったが、それを手渡そうとすると手を振って、「いらないよ」と拒んだ。そのかわりというのではないのだろうが、いつも一言、注文をつけられた。

「鶴岡君、文学教室をつぶしちゃだめだよ」

それなのに私は、七八年九月、第二三期「文学教室」の修了を待って、事務所を退職してしまった。

戸石泰一は、吉行淳之介にも「文学教室」に出て貰えと私に無理難題を押し付けて来た。私は吉行淳之介の愛読者でもあったから、講演の類は引き受けない作家であることを承知していた。だが、戸石泰一は、頼んでみければわからない、というのである。会ってくれるなら会えるだけでももうけものと思い、上野毛に電話をかけた。電話口には聞いたことのある声が出た。その甘い声には聴き覚えがあった。一三、四歳の頃、街頭テレビで見たドラマ「てんてん娘」の娘の声だった。

淳ちゃーん、でんわ。その声は確かに宮城まり子だった。

XII

六番町の階段を上った著名人たち

1　吉行淳之介「砂の上の植物群」

戸石泰一が、「文学教室」で「吉行淳之介に話をして貰え」と、いったのは一九七八年の春のことである。私には引き受けてはくれない、という確信があった。しかし、戸石泰一に行けといわれては嫌ともいえない。渋々ではあったが、あらかじめ手紙で依頼の趣旨を伝え、お目にかかりたい、と書き添えた。手紙がついた頃を見計らっての電話だった。

吉行淳之介
（提供・宮城まり子）

宮城まり子とおぼしき家人のとりつぎで、長篇小説「砂の上の植物群」の作者が電話に出てくれたときは、奇蹟が起きたような気がした。吉行淳之介に、日本民主主義文学同盟です、といえば、〝拒絶反応〟を示すのではないか、と危惧していたからである。

「いらっしゃい」

そういわれたときは、思わず耳を疑った。そして今度は、「脈がある」と心が浮かれ出していた。我ながらなんて節操のない臆病者なのだろうと思った。

一三年前、六五年八月、文学同盟創立大会で霜多正次が行った運動方針報告「日本文学の民主主義的発展のために」が採択された。その中の「日本文学の現状」について論じたくだりに、次のような一節がある。

「人間卑小化、人間不信、進歩や革命にたいするムード的な挫折、絶望感、あるいはそうした『砂のような日常性』からの脱出を性的、動物的な衝動や無目的な行動にもとめ、その瞬間だけに生の充実が確認されるといったような虚無的な傾向などが文壇の主流を占め」「内容のむなしさをもっぱら題材や形式の新奇さでおぎなおうとする傾向をつよめています」

「砂の上の植物群」は、『文學界』に連載後、六四年三月に文藝春秋新社から単行本となり、話題になっていた。「砂の上の植物群」という題名は、バウル・クレーの絵の題から借用したと、作中にもエッセイなどでも書かれている。霜多正次報告は、名指しで「砂の上の植物群」を槍玉にあげているわけではない。しかし、これにあてはまる作家となれば、思い浮かぶのは吉行淳之介である。民主主義文学運動が、吉行淳之介を〝目の敵〟に廻しては困るのである。なぜなら、私にとって吉行淳之介は第一級の作家であるからである。

吉行淳之介は、内容の虚しい、スケベエな好色小説を書いていたわけではない。小説の中に、「細胞」とか「漿液」ということばがよく出てくる。これも「伊達や酔狂」でつかっているわけではない、と作者自身がいっている。「題材や形式の新奇さ」とあげつらうのは、侮った言い方に思えてならなかったのである。吉行淳之介がもし創立大会報告を読んだとしたら、さぞかし不愉快だろうな、と思った。

「因みに、私の心の中でクレーの絵とドビュッシーの音楽とは、同じ場所にある」「変な言い方だが、クレーの絵を翻訳して音楽に変えれば、ドビュッシーになる」

（吉行淳之介著『私の文学放浪』）

また、吉行は「私はなぜ書くか」というエッセイで、「なぜ小説を書きはじめたか、簡単にいえば、世の中に受け入れられない自分の感受性や感覚に場所を与えたいという気持ちがはじまりである」といっている。好色的な材料で読者に「娯しむ種」を提供しようとする作品は、文学ではなく読み物であり、「そういう仕事はやらない」と唾棄している。

『砂の上の植物群』
（文藝春秋新社、1964）

六四、五年頃、同棲していた画家志望の小田孝子が、クレーが好きで、南原実訳『クレーの日記』（61年、新潮社刊）を熱心に読んでいた。私が横取りして拾い読みしたのは、「幼年時代の思い出」（ベルン、１８９０年代）ぐらいなものであるが、そこにこんな一節があった。

　自分が描いたおばけが急に動き出す（三歳から四歳のころ）。私はこわくなって母のところへ逃げてゆき、おばけが窓からのぞいていると言っては泣いた（四歳のとき）。

　私は、クレーと吉行淳之介がそんなところから繋がって、片っ端から読むようになったのだが、永井荷風の「墨東綺譚」と吉行の「驟雨」や「原色の街」とも繋がり出した。

　そして、戸石のひとことで、よもやの事態となった。文学同盟の事業で吉行淳之介に講師を頼むなどとは夢にも思わなかった。しかも私に上野毛の自宅に行けというのである。戸石泰一の英断とも独断ともつかない、〝鶴の一声〟でともかくも、ラッキーなことに吉行淳之介との面会の機会を得た。

「ふだんは瘦せ浪人、それがいかにも嫋々として入谷の直侍《なおざむらい》的雰囲気を醸し出すのに、声だけはホラ穴から叫ぶように響くのは甚だ艶消しだ」

（安岡章太郎『文士の友情』、「吉行淳之介の事」１シャンパンの朝。13年7月　新潮社刊）

　応接間に宮城まり子の姿はなかったが、表札にはふたりの名前が並んでいた。作家の地声は全く覚えていない。安岡章太郎の文章を読んでも思い出せない。

　講師の件を切り出すと、案の定、あっさりと断られた。

「五分もしゃべったら、あとはもう話すことなんか、何もないのだ」

そのことはエッセイでも読んでいた。だから私はだめだと戸石にいったのだ。

「島尾は出るのか」と、カリキュラムを見て呟いていた。島尾敏雄は吉行の親しい友人である。講師を引き受けてくれたなら〝大金星〟になったところだったが、そうは問屋が卸さなかった。糠喜びに終わったものの、ともかく吉行淳之介が、文学同盟に対して、〝拒絶反応〟をもっていないということを確かめることが出来た。それだけでも、訪問の甲斐があったと思った。

六番町の事務所隣りは番町小学校、吉行の母校（35年卒）である。その話になると、「懐かしいなあ」といい、「暫く行っていないなあ」といった。廣津柳浪、版画家の恩地孝四郎、網野菊、女優で吉行淳之介の実妹、吉行和子もここの出である。母堂・あぐりの美容室の建築デザインをしたのは村山知義だが、当時としてはえらく奇抜、いや斬新なものだったらしい。毎日、市ヶ谷駅からあぐり美容室の前を通って通勤しています、などなど「文学教室」はそっちのけでよもやま話に興じた。

七三年五月一二日、「小選挙区制に反対する文学者の会」（代表・霜多正次）が発表したアピールに対して多くの文学者から賛同の声が寄せられた。そこには、荒正人、石井桃子、

『私の文学放浪』
（冬樹社、1971）

遠藤周作、上林暁、木下順二、五味川純平、堀田善衛、藤原審爾、三浦綾子、八木義徳とともに、吉行淳之介の名前もあった。

年末になると、『民主文学』寄贈者に「通信費カンパ」のお願いをしていたが、吉行淳之介はこれにも応じてくれた。振替用紙は使わず、手紙に一筆添えて現金を送ってくれたのである。「わたしはサヨクではありませんので、今年はおくりますが、来年はどうなるかわかりません」と書かれた便箋が入っていたことを、印象深く覚えている。

2　心やさしい小説家・島尾敏雄

島尾敏雄から「文学教室」受諾の速達ハガキが届いたのは、七八年二月一日だった。吉行淳之介訪問はこのあとのことである。はがきの住所は、那覇市大道三、日越方となっていた。島尾敏雄の住居は、神奈川県茅ケ崎市東海岸であるが、冬場は、避暑ならぬ避寒のために沖縄に移っていたようだ。

「八月一八日の文学教室の件　承知しました　今沖縄に来ていますが、あたたかいので何といっても助かります　春先までいるつもりです　霜多（正次）さんによろしく」

当日の演題は、「戦争文学と私」と決まった。

私が島尾文学を読み出したのは、「死の棘」（『群像』60年9月号）が最初だった。窪田精から、島尾敏雄は、「几帳面で律儀で時間に正確な男」だと聞かされていた。島尾敏雄は、霜多正次だけでなく、窪田精とも顔が繋がっていたのである。新日本文学会当時、会議には誰よりも早くやって来て、みんなが集まるのを待っていたという。「文学教室」にも、開会三〇分前に、六番町の階段を上って来た。パナマ帽を被り、背筋は真っ直ぐに伸びていた。その端正な身のこなしぶりから、写真で見ていた海軍中尉姿の「島尾隊長」がダブってみえた。

島尾敏雄と筆者（1978/8/18、東京・六番町の文学教室　撮影者不明）

少尉から中尉に昇進、大尉任官となって復員するのだが、島尾敏雄は、敗戦直前、奄美群島加計呂麻島呑ノ浦に駐屯、特攻隊である第一八震洋隊の隊長として一八三名の隊員を率いて出撃命令を待っていた。この間に、ミホ夫人と恋をしていた。島尾文学の集大成は、『出孤島記』『出発は遂に訪れず』『その夏の今は』の連作であるといわれている。

「文学教室」では、「戦後は終ったという人がいますが、戦争を体験したものには終りなんてありませんよ」と語っていた。

その年の一〇月三一日に戸石泰一が亡くなり、急遽「年譜」を作成したが、前述した通り、小説「ドッチデモ・イイ」の掲載誌を探しあぐねていた。それでも「現在の会」の同人誌『現在』に載っていることや、雑誌は五号まで出ているというところまではつきとめていた。だが、掲載誌は近代文学館にも国会図書館にもなかった。同人メンバーの真鍋呉夫にも電話で問い合わせたりした。そのとき、真鍋が、「島尾なら持っているかもしれないな。彼は几帳面だから」とアドバイスしてくれた。年の瀬になっていたが、茅ケ崎宛に問い合わせの手紙を出したが、年を越しても返事はなかった。四半世紀前の同人誌である。消えてなくなっているのだろうと諦めた。ところが春先になって島尾敏雄から分厚い封書が届いた。

四月一九日　久しく家をあけていて　帰宅してあなたのお手紙拝見しました　ついでがありましたので戸石泰一さんの小説をコピイしましたのでお送りします。

四月二七日　　　　島尾敏雄

その年も沖縄に避寒されていたらしい。「ドッチデモ・イイ」のコピイが同封されていた。『現在』五三年六月一〇日発行の第四号と他の号の発行年月日のメモも入っていた。戸石泰一が欲しがっていた自作の小説はこれですべて揃ったが、本人は島尾敏雄の親切をよそに墓の下で眠っていた。

戸石泰一の一周忌に、文学・教育関係者合同主催による偲ぶ会が開催された。会場は東京・青山会館。この席にも島尾敏雄は、わざわざ茅ヶ崎から出て来てくれた。本当に律儀なひとだなあ、と、私はしみじみと島尾敏雄の顔に見とれていた。

島尾敏雄が出血性脳梗塞のため入院中の鹿児島市立病院で亡くなったのは、八六年十一月十二日だった。享年六九。私は、『民主文学』に追悼文を書かせてもらったが、葬儀には出られなかった。

梅崎春生「幻化」の舞台、鹿児島県・吹上浜に立つ恵津夫人(2005/10)

二〇一一年十月一四日から一ヵ月間、かごしま近代文学館で特別企画展「島尾敏雄展」が開かれた折に、鹿児島へ行った。生原稿、ノート類、日記、書簡などの膨大な資料が展示されていた。その量の多さに胆をつぶした。この他、同人誌まで保存していたのだから、どれだけ収蔵資料があるのか見当もつかない。終日、かごしま近代文学館に居続けたが、それでもすべてを閲覧することは出来なかったため、翌日も天文館のホテルから文学館へ直行した。
二〇〇五年一〇月、かごしま近代文学館で梅崎春生生誕九〇年・没後四〇周年記念特別展「梅崎春生　作家の見つめた戦中・戦後」展が開催された折も出かけている。また梅崎春生の鹿児島で二つ目となる文学碑建設予定地

右遠俊郎（左）と小沢清（右）、愛犬フジ（1978、文學新聞「作家素描」の取材時に多摩川土手で）

を見る旅では、梅崎恵津夫人らとともに桜島を訪れ、吹上浜など「幻化」の世界を巡る旅をした。鹿児島には、親しくさせていただいている作家で元参議院議員の秋元有子、国文学研究資料館名誉教授・山中光一夫妻も居られ、縁が深い。島尾敏雄の駐屯した加計呂麻島は、鹿児島からは訳なく行けそうなのだが、まだ願いを果たせずにいる。

3 『文學新聞』一〇〇号に登場した作家たち

『文學新聞』は創刊号から一一四号まで編集した。その中でいちばん強く印象に残っている企画が「作家素描」である。文学同盟の中心的な作家を毎回ひとり、インタビュー記事を中心に「自筆年譜」や代表作の紹介などをコンパクトにまとめたもので、全二〇回続いた。やり甲斐のある仕事だった。第一回は七六年一〇月号の戸石泰一（聞き手・右遠俊郎）、第二〇回は、七八年九月号の小沢清（同・右遠俊郎）の二〇氏、第二回から第一九回で取り上げた作家は次の通り。（　）内はインタビュアーの氏名である。

霜多正次（永井潔）、山田清三郎（川口浩）、中里喜昭（長船繁）、橋本英吉（国岡彬一）、窪田精（霜多正次）、稲沢潤子（戸石泰一）、右遠俊郎（細窪孝）、山岸一章（勝山俊介）、松田解子（稲沢潤子）、冬敏之（磯野宏至）、早乙女勝元（内山幸夫）、及川和男（中里喜昭）、桜田常久（小林茂夫）、岩倉政治（黒田信吉）、早船ちよ（井野川潔）、西口克己（北條元一）、吉開那津子（駒井珠江）、津上忠（戸石泰一）。

4　劇作家・津上忠、大劇場進出の舞台裏

第一九回の「津上忠との八問八答」は、新日本文学会時代からの友人、戸石泰一が記事を書いた。その文章をちょっと引用させてもらう。

私の友人に千谷道雄という、長いこと東宝のプロデューサーをし、自分でも脚本や小説を書いている男がいる。津上を、はじめて東宝系の大劇場に引っぱりだした男だが、彼が、いつか言っていた。

「津上君の脚本は、本だけ見ていると、あまり良いとも思わないんだが、舞台にのっけると、実に迫力が出てくる。実に、不思議というか、近頃珍しく力のある、本格的な舞台作家なんだ」

同時掲載の「『乞食《かんじん》の歌《うた》』のおもいで」は、いずみ・たくの特別寄稿である。

劇作家の津上忠は、前進座の座付き作者であるが、その津上忠をはじめて「東宝系の大劇場に引っぱり出した男」千谷道雄は、戸石泰一より年齢《とし》は二つほど下だが東大時代、阿川弘之と同級生であり、『秀十郎夜話』で讀賣文学賞を受賞していることは既に述べた。この大抜擢劇には、戸石泰一が一枚嚙んでいる。というより、戸石のひとことが、津上忠を檜舞台に押し上げる決め手になった、というべきか。

東宝といえば、来なかったのは軍艦だけといわれている「東宝争議」で悪名が高い。東宝砧撮影所は、良心的なすぐれた映画―「今ひとたびの」「わが青春に悔いなし」などを生みだしていたが、会社側は、「赤旗と赤字の追放」を叫び、二七〇名の大量首切りを発表したのである。

四八年八月一九日早朝、三台の戦車と二〇数台のトラックが到着し、非常線がはられ、通路は遮断された。エンジンの響き、キャタピラーの音、上空をとびかう米軍飛行機、さながら戦場のようであったという。それに武装警官二千人が撮影所を包囲した。映画監督や俳優に向かって戦車の銃砲を向けたのである。

その東宝から、津上忠に声がかかった。しかも「東宝歌舞伎の大舞台」の脚色に起用されたのである。演目は七一年三月二日から二八日にかけて、帝国劇場開場五〇周年記念松本幸四郎二三回忌追善三月大歌舞伎夜の部「新・平家物語・盛遠と袈裟」(原作・吉川英治)だった。

東宝の大御所は「放浪記」の演出など数々の名舞台を手掛けている菊田一夫(08年～73年)だが、「歴史もの」は大の苦手としていたらしく、この手の芝居は千谷道雄に任せきりになっていたらしい。東宝歌舞伎は新興勢力だが、老舗の松竹から松本幸四郎、染五郎親子を引き抜き歌舞伎でも商売敵になっていた。その東宝歌舞伎を「好き放題」に動かしていたのが千谷道雄だった。

大御所・菊田一夫が当時、新人劇作家としての津上忠のことを某新聞に書いたことも手伝ってか、ある日、戸石泰一のところに千谷道雄から電話がかかってきた。

津上　忠

文学同盟とかいうところで、津上忠と一緒にやっているそうだけど、あれは、共産党か。
台本を書かせるにあたっての事前「思想調査」だった。戸石は、津上忠とは、同志の仲である。諜報部員もどきの身元調べは、この業界では当たり前の事だったのであろうか。
「お前ね、いまどき、共産党かどうかなんていってるやつはいないよ」
戸石泰一らしい言い廻しで、飛ぶ鳥落とす勢いのプロデューサーをたしなめたのである。時代遅れ、といったかどうかはわからないが、ともかく戸石泰一にぴしゃりとやられて、千谷道雄は、津上に脚本依頼の電話をかけた。戸石泰一の機転で、津上忠は東宝を見事〝パス〟して、大劇場進出となったのである。

「新・平家物語　盛遠と袈裟」は、脚本・津上忠、演出・中村哮夫、八世幸四郎、先代尾上松緑、染五郎（現・九世松本幸四郎）、山田五十鈴など豪華配役で上演され、成功を収めた。

津上忠は、『文學新聞』七二年六月一五日号に「近況」を書いているが、その忙しさは殺人的だ。二月の東京宝塚劇場で森繁久弥主演「花と龍」（火野葦平原作）の脚色・演出、新人会公演中の「早春の賦―小林多喜二」の改訂、これにダブッて前進座「出雲の阿国」（有吉佐和子原作）の脚色、そのほか児童文学者・新美南吉を素材にしたドラマ（ＣＢＣテレビ・中部日本放送）等々、年末まで予定がぎっしり詰まっていた。

戸石泰一は六八年秋に、五九歳の若さで亡くなったが、その存在は文学運動にとどまらず、多方面で影響力を発揮した。人助けもした傑物だった。

5　「種蒔く人」小牧近江インタビュー

『文學新聞』編集部では、「作家素描」の前段階で「紙上作家インタビュー」も行っている。

七四年のことである。

一月は、「橋のない川」全六巻、五千枚を書き上げた住井すゑ（インタビュー記事は筆者）、二月は、「草のつるぎ」で第七〇回芥川賞を受賞した長崎県諫早市に住む野呂邦暢を上京中につかまえて新橋の第一ホテルで中里喜昭がインタビューした。五月には、大原富枝を杉並区和田一丁目の自宅に訪ねた。聞き手は稲沢潤子。六月は、『種蒔く人』の創始者・小牧近江を鎌倉市稲村ケ崎の自宅に訪ねた。これも聞き手は中里喜昭。

小牧近江は、一八九四（明治27）年生まれ。パリ大学法学部を卒業後、日本大使館に勤めている。パリ滞在は九年余。小説家アンリ・バルビュスの「クラルテ運動」に共鳴、反戦運動に参加、帰国後、「インターナショナル」を日本ではじめて訳詞するなど、フランス文学者として広く活躍した。訳書も多く、法政大学教授、中央労働学院学院長などを務めた。

小牧近江

インタビューでは、数々の逸話を披露してくれた。『種蒔く人』は二三円ぐらいで作れたらしい。有島武郎のところへ支援を頼みに行ったのは金の無心だったわけではないのだが、「そこにある額のうちから一枚持って行け」といわれて、しめたとばかり梅原龍三郎の裸婦を頂戴したという。
有島を訪ねてくる運動家の目的は誰もが金目当てだったので

あろう。「裸婦」は六〇〇〇円で売れた。その大金の一部で、『朝日新聞』に「『種蒔く人』創刊号発売禁止、次号休刊と広告を出した」と嬉々として語っていた。その広告を見た農民からも注文がきた。『種蒔く人』というから農業雑誌だと思ったらしい。

『種蒔く人』の創刊は、二一年、小牧近江の出身地、秋田県土崎で三号まで出て、翌年、東京版が出た。日本プロレタリア文学運動のさきがけといわれている新時代を告げる雑誌、それが『種蒔く人』だった。

インタビューが終るや否や、「さあ一杯飲みましょうや」といって、大きなワイン・セラーの中からご自慢のワインを二、三本抱えて来た。

後日、小牧近江の近況を中里がはがきで知らせてくれた。

小牧近江氏より、小生宛来信によると、あのあと急に血圧が高くなり〝お迎えか〟とおもったほどの由。医師のすすめで、休養かたがた九州に来ておられる。インタビューの文章をほめていて、山田清三郎さんからフィリップのことで手紙があったと、お礼もあります。こっちからも返事はだしたけれど、兄からも、暑中見舞でもだしてくれればよろこぶのではないでしょうか。

（中里喜昭）

小牧近江の寄寓先は福岡市南区長住町となっていた。ワインを飲み過ぎたのが原因か、と気が咎めた。七八年一〇月二八日、八四歳で死去。

6　三代の作家、廣津柳浪、和郎、桃子

七四年八月三一日、作家三代、祖父・廣津柳浪、廣津和郎を父とする廣津桃子を藤沢市鵠沼の自宅に訪ねた。七二年に「春の音」で田村俊子賞を受賞していた。インタビュアーは沢田章子。私は、いつも通り、写真撮影とテープレコーダー係である。

廣津和郎が亡くなったのは、六八年九月二一日、「国立熱海病院でただ一人の肉親長女桃子さんに見とられて七六歳の生涯を閉じた」（『朝日新聞』）。訪問記事は没後七回忌記念とした。三代目は独身、静かな一人暮らしだった。父・和郎には、文壇史『年月のあしおと』などの大著があるが、戦後最大の謀略・冤罪事件、「松川」の支援に立ち、全員無罪に導いた作家として殊に有名である。廣津和郎の散文精神、「みだりに悲観もせず、楽観もせず」は、なにかと引き合いに出されているが、遺墨に書かれたことばもまた忘れ難い。

民藝「静かな落日」で廣津桃子を演じる樫山文枝（2012/12、新宿・サザンシアター、民藝公演パンフレットより）

「これだけは聲を大きくして云いたい　尠くともニヒルが人生の究極である筈はないと

廣津和郎」

「父は」、と廣津桃子はいった。

「ものの考えがズバッと中心へいく、文章も平明で、もたもたしたものがなく、頭の鋭さが感じられる。でも七五すぎたら、筆が中心へスーッとゆかなくなった」とぼやいていたという。話は、実母のことや、父と同居していた女性「はまさん」のことなどにも及んだ。娘にとっては母親を不幸にする女は敵である。「はまさん」は父の「愛人」である。娘にしてみれば「はまさん」は父を奪った「鬼」となる。しかし、三代目は「はまさん」に対して好意を持とうとした。「大体、依怙地な気持ちでいたら、自分自身がくたびれちゃいますもの」と、感情を理知によってくるんで関係を丸く収めた。私は、すっかり感心してしまった。父親譲りの「頭のよさ」なのであろうか。

志賀直哉、宇野浩二、葛西善蔵、網野菊など文豪から伝説の私小説作家まで著名人の名前がポンポンと飛び出てきた。作家三代の家系ともなると、志賀直哉が親戚のおじさんのように日常生活の中にさりげなく入りこんでいる。しみじみと大正・昭和期の文士の家庭を覗き込むような気がして、興味深く耳を傾けていた。

7　文学同盟事務所退職とその後

七八年九月に私は、文学同盟事務所を退職した。リアリズム研究会に八ヵ月、文学同盟一二年余、三六歳。

戸石泰一に、「三五歳までの体験がすべてだ」といわれていた。その暗示にひっかかったのか、「小説を書く」といって辞めたのである。

霜多正次、佐藤静夫、それに事務局のメンバーなどが荻窪の居酒屋で送別会をしてくれたが、窪田精は病気中のため欠席となった。その数日後、窪田精から手紙を貰った。

拝復　おはがき拝見しました。

あなたが事務局をおやめになるということは、山根君（註・山根献。当時の文学同盟事務局長）から、すこし前に電話で（妻が出ました）きいていました。とつぜんで、おどろきました。一度、お会いして、いろいろ話したいと思ったのですが、ごぞんじのように、小生、病気中だったので、それもできませんでした。（中略）

そのため、あなたの送別の会にも参加できず、申し訳ないことをしました。十三年のあいだには、いろいろなこともありましたが、同盟創立当初の頃、家具を中野に買いに行ったり、いっしょに苦労したことなどが思いだされます。もっとも事務局をやめられても、同盟をやめられるわけではないと思いますので、どうかよい仕事をしてがんばってください。文学運動でのこれまでの長い体験から得たものを、作品や批評活動などのうえで、ぜひ生かしてください。（中略）とりあえず、おわびまで。澤田さんにも、よろしくおつたえください。

一九七八年一〇月一一日　　窪田　精

同年、窪田精は、長篇小説『海霧のある原野』（新日本出版社刊）、『文学運動のなかで　戦後民主主義文学私記』（光和堂刊）を出版、九〇年には『私の戦後文学史』（光和堂刊）など精力的に執筆活動を続けた。九二年には、長篇三部作『夜明の時』『鉄格子の彼方で』『流人島にて』で二回目の多喜二・百合子賞を受賞した。

窪田　精
（撮影・森住卓）

翌九九年一〇月二一日、西野辰吉の訃報を『朝日新聞』夕刊で知った。西野辰吉とは、長く音信不通となっていた。西野辰吉が文学同盟を脱退した後も二、三年は年賀状のやりとりをしていた。だが、遊びにいらっしゃいと誘われながら、返事すら怠り、それきりになった。NHKブックスから『石狩川紀行』（75年、日本放送協会刊）など、出版物が目にとまれば必ず買っていた。通夜、葬儀の日はひとりで酒をのんでいた。四九日にはいたたまれなくなって小平へ車で弔問に出かけた。

六四年の暮れに訪れたときは、平屋二軒長屋の都営住宅を住居としていたが、それから三五年、様子が変わっていた。付近には、コンビニエンス・ストアも出来ていた。西野辰吉の家は、大きな二階屋に建て替わっていた。事前に電話で知らせてあったこともあって、喜美江夫人が待っていてくれた。うすっぺらな手作りの本棚は昔話、立派な書棚にびっしりと文壇作家の著書が並んでいた。西野辰吉の著書も知らない間に沢山増えていた。

「よく、鶴岡君、鶴岡君といっていましたよ」

長女の桃子が生まれたときに祝い金を届けてくれた話をすると、夫人はにこにこと笑っていた。遺影を一枚貰って辞去したのだが、車に乗った途端、涙が吹き出してきた。運動の感情と個人の感情とにさいなまれてきたが、そのときばかりは恩人・西野辰吉への感謝の思いで胸がいっぱいになっていた。二〇歳そこそこで〝ルンペン〟になっていた私を文学運動の事務局に引っ張ってくれたのは西野辰吉だった。途方もなく悲しくなって、ハンドルに抱きつくようにしてしばらくの間、泣いていた。

8　窪田精と民主主義文学運動

二〇〇〇年秋、神保町の古本屋で窪田精の小説『ある党員の告白』を見つけてお送りした。一九五六年に講談社ミリオンブックスとして出た新書版で、それまでにも、古書市などで目にとまれば必ず買って窪田に送っていた。前々から手元にないといわれていたからである。

その礼状の余白に、島尾敏雄の本のことが追記されていた。

それから、いつかあなたにお話した島尾敏雄の署名入りの本、一八冊、みつかり、箱に入れて取ってあります。いつ死ぬか分からない私のところにおくよりも、若いあなたのところへ移したほうが、地下の島尾も喜ぶでしょう。

（二〇〇〇年一一月二三日　窪田精、抜粋）

若い頃から、島尾敏雄は新刊がでると必ず窪田に寄贈してくれていたのだそうだ。それをそっくり私にくれるというのである。ある日、窪田精から約束の宅配便が届いた。

時代色のついた『贋学生』（50年、河出書房刊）、『死の棘』（60年、講談社刊）、『私の文学遍歴』（66年、未来社刊）など確かに島尾敏雄の著作一八冊が丁寧に梱包されていた。直筆署名入りの本も数冊あった。

二〇〇一年六月三日、「窪田精さんを励ます会」が、森与志男議長らの呼びかけにより神奈川県七沢温泉の小林多喜二ゆかりの宿である福元館で開かれた。傘寿のお祝いである。まつ子夫人も出席した。窪田精は、文学同盟生え抜きの作家・吉開那津子や新進気鋭の浅尾大輔、北村隆志、中堅の牛久保建男、新船海三郎、田島一、能島龍三など、次代を担う書き手たちに囲まれて終始、にこやかにしていた。最後に会ったのは何時だったか。窪田精は、二〇〇四年二月二九日に没した。享年八三だった。

窪田精さんを励ます会。前列右から小林茂夫、大田努、土井大助、窪田、稲沢潤子、まつ子夫人、津田孝、山形暁子、三宅陽介、蠣崎澄子、中列右から宮寺清一、森与志男、澤田章子、北村隆志、田島一、小林昭、浜賀知彦、北条元一、丹羽郁生、福山瑛子、秋谷徹雄、浅尾大輔、亀岡聰、福元館女将、最後列右から工藤威、新船海三郎、牛久保建男、能島龍三、吉開那津子　(2001/6/3、七沢温泉福元館)

リアリズム研究会の四天王、金達寿、窪田精、霜多正次、西野辰吉のうち、文学運動に骨を埋めたのは、結局、窪田精ひとりだった。同志の離脱などで苦労も煮え湯も呑まされ、号泣したこともあったが、若い書き手たちに囲まれて和気《わき》藹藹《あいあい》と語り合う窪田精の姿は喜びにあふれていた。

　私は、窪田精を囲む集合写真のシャッターを切りながら、民主主義文学運動の究極の仕事は、バトンを繋ぐことにあるのだと思った。

あとがき

そのころ、西野辰吉、金達寿、霜多正次、窪田精、小原元さんは、リアリズム研究会と現実と文学社――創造活動と出版事業の二枚看板、二刀流使いだった。私が西野辰吉さんから、うちの事務所で働いてみないか、と声をかけられたのは、一九六四年の暮れ、工場を辞め、住む家にも困っていた二二歳のときである。渡りに舟とばかり、すぐに飛びついた。それから一三年、文学団体事務所での活動、作家に囲まれた幸福な日々がはじまった。試練は一度や二度のことではなかった。拙著はその回想私記である。

小原元さんは大学教授だが、西野辰吉、金達寿、霜多正次、窪田精さんは筆一本の作家生活をしていた。けっして豊かな暮らしをしているとは思えない四人の作家を、私は密かに「四天王」と名付けて崇めていた。

現実と文学社の代表取締役は霜多正次さんである。『現実と文学』編集長は西野辰吉さん、事務局長は窪田精さん、幅広い人脈をもつ在日朝鮮人作家・金達寿さんは、どこへ行っても周りにはいつも友人や同胞、愛読者などのとりまきがくっついていてにぎやかだった。

「四天王」は、私にしてみれば先生であり、雇い主であった。見習い社員が社長を「霜多さん」などと気安く呼べるはずもなかったし、中央労働学院の教室でお目にかかれば、「西野先生」「小原先生」と畏まった呼び方をしていた。

ところが、はじめて金達寿さんに会ったとき、いきなり叱られた。というのは、「金先生」とお呼びした

のであるが、それがいけなかったのだ。カッと見開いた鋭い眼で睨まれて、

「先生といわれるほどの馬鹿じゃない」

私の頭の上に大きな雷が落ちてきたのである。

私は、とんでもないまちがいをやらかして、先生に叱り飛ばされた子どものように、縮み上がった。まさか、先生といって叱られるとは思ってもみなかったのである。

長髪で恰幅のいい体をした金達寿さんのそのときの赤ら顔は、まさに「バカモン!」と怒っている顔であった。

それからというものは、西野辰吉、霜多正次、窪田精、小原元の諸氏に対しても〝先生〟と呼ぶことはやめることにした。金達寿さんは、続けてこういったのである。

「先生でもなければ生徒でもない。一緒に新しい文学運動をやるのだ」

西野辰吉さんに、このやりとりを伝えると、「金君のいう通りです」といわれた。

叱られはしたものの、それからというものは、「四天王」との間に、先生と生徒の垣根が取り払われて、親しみをもって接触できるようになった。

一九六五年頃、「四天王」を中心にリアリズム研究会の作家たちは意気軒昂だった。最年長の霜多正次さんは五二歳、窪田精さんが最年少の四六歳、決して年は若いとはいえなかったのだが、その気概は日本文学の牽引・舵取りをする勢いを孕んでいた。

今、半世紀になろうとしている当時のことをふりかえってみると、「自由で健康な批判精神」が横溢していた文学結社の躍動が甦ってくる。けっして有名でもなければ、名のある出版社の支援があったわけでもない。同人、定期購読者を募り、自力発行を続けていた。新しい創作方法を探求しながら、一方では、働きながら小説、評論を書いている、あるいはこれから書こうとしている次代を担う新人の発掘、その発表舞台として月刊雑誌『現実と文学』を自力で発行していたのである。その精神は、今日の『民主文学』に

まで脈々と息づいている。

ここに登場してくる文学者は、〝そのころ〟現役として旺盛な執筆活動をしていた。最長老の江口渙さんは、『民主文学』にエッセイ「少年時代」を実に全四一回連載、七五年新年号をもって完結させた大正文壇以来の息の長い文学者である。齢八〇代にして三年半もの長期連載をやり遂げたのである。毎月、栃木県那須郡烏山町からその原稿を代行の便利屋さんが、麹町の事務所まで届けに来ていた。昨今のEメールでの簡便なやりとりに比べると隔世の感があるが、感慨もまた一入である。

『民主文学』は、全国各地で「書く、読む、広げる」を展開している民主主義文学運動の機関誌である。文学同盟の宣伝部を担当していたころ、新聞広告向けのキャッチ・コピーをつくった。それが「いちばん身近な文芸雑誌」である。それが私の実感だった。今もその思いに変わりはない。

『民主文学』編集長の乙部宗徳氏から、二〇一二年の夏、「来年一ヵ年間、エッセイの連載をしませんか」と、電話があったとき、すぐさま構想が浮かんだ。リアリズム研究会の作家・評論家を中心とした「私の出会った作家たち」である。しかし、気の合わない仲間と文学なんかやっちゃいられない、ということなのか、離合集散の憂き目にも会った。文学運動との出会いから半世紀、落伍することなくやってこられたのは心の中に永遠の「私の好きな作家」がいてくれたお蔭である。

文学運動の裏方の目から見た「作家の姿」は、ちりぢりばらばらになったにしても、個々人の印象は私の胸に深く刻まれている。追憶は果てしない。

「私の出会った作家たち」は、無名の私ごときがタイトルにするのはおこがましいのだが、これ以外にぴったりする題名が思い浮かばなかった。それで、文中、私が何者かという程度のことを書かせてもらった。出過ぎていたらご容赦願いたい。

文学運動では、さまざまな涙と笑いと感動があった。生木を裂かれるような別れもあった。作品論は抜きにして、もっぱら人間像にこだわってスポットを当てた。

文学運動の中心にいた作家、評論家の諸先輩は小生意気な若造の手を縛るようなことは一切しなかった。放任主義もいいところだった。上からつべこべいわれるのが大嫌いな若造にとって、自由に、好きなように仕事をさせてくれたのだから、こんなしあわせなことはなかった。

文学運動の縁の下の力に成り得たかどうかは心もとないが、私自身は水を得た魚の如く、欣喜雀躍の日々を送ることが出来た。人生でいちばんしあわせだったのが、この頃である。中でも作家、詩人といわれている人々と近づきになれたことは得難い幸運だった。そのよろこびをあらためて噛み締めながらの連載だった。

私は文学同盟事務局で企画事業や『文學新聞』の編集に携わっていたこともあって、関係資料は私自身が手掛けたものだけに愛着もあり大切に保管していた。半世紀に亘って眠っていた資料が日の目を見るとは思ってもみなかったが、そのチラシや小冊子が今回、大いに役に立った。

連載「私の出会った作家たち」は、『民主文学』二〇一三年一月号から一二月号まで全一二回。連載中は字数の制限もあり、言い尽くせぬことも多々あった。そのあれこれを本書では存分とまではいかぬにしても加筆、改訂した。写真も大幅に増やした。

出版に当っては、本の泉社社長・比留川洋氏、文芸評論家の新船海三郎氏にお世話になった。また、今は亡き画家、そして畏友でもあった松永禎郎氏の遺作を、葉子夫人のご好意で拙著を飾っていただくことができた。記して心よりお礼を申しあげたい。

梅崎春生没後五〇年も近い。『幻化』に書かれていた金言、「しっかり歩け。元気出して歩け！」を、これからも座右の銘にして、命ある限り文学運動と共にあり続けたいと思っている。

二〇一四年三月八日　東急池上線の線路沿いの陋居にて、六度目の年男記す。

鶴岡 征雄

鶴岡　征雄（つるおか　ゆきお）
１９４２年茨城県龍ヶ崎町（現・龍ヶ崎市）生まれ。作家。日本民主主義文学会会員。大田文化の会事務局長。作品集『夏の客』本の泉社刊。創立40周年記念／民主文学短編小説集『時代の波音』（短篇「かりん糖」収録）、評伝「冬敏之伝（季刊雑誌『季論21』）ほか。
壺中庵書房主として、冬敏之著『ハンセン病療養所』、同『風花』、冬敏之追悼集『風花忌』ほか編集・出版。大田文化の会事務局長として、長岡輝子、岡本文弥、高橋エミ、マルセ太郎、真弓田一夫、酒井広、熊澤南水の舞台をプロデュース主催公演。２００７年以降は、三上和彦とディキシーランドステイツのジャズ演奏会主催。

私《わたし》の出《で》会《あ》った作《さっ》家《か》たち
民《みん》主《しゅ》主《しゅ》義《ぎ》文《ぶん》学《がく》運《うん》動《どう》の中《なか》で

二〇一四年四月十四日　第一版発行

著　者　鶴岡征雄
発行者　比留川洋
発行所　本の泉社
〒１１３-００３３
東京都文京区本郷二-二五-六
Tel　０３（５８００）８４９４
FAX　０３（５８００）５３５３
印刷　音羽印刷（株）
製本　難波製本（株）

ISBN978-4-7807-1163-9 C0095　Printed in Japan